七月のテロメアが尽きるまで
天沢夏月

イラスト／白身魚　デザイン／カマベヨシヒコ

——この憂鬱で、息苦しくて、
切なくて、やっぱり憂鬱な、
胸を有刺鉄線で締め付けるような
感情の名前。

『透明』。

僕たちはそれをそんなふうに呼んだ。

――ねえ、秀《しゅう》。

階段を駆け上がった先、扉を開けると、七月の蒼穹《そうきゅう》がそこにあった。その真っ青なパノラマを背に、屋上の縁《ふち》に立った彼女は言った。蜂蜜のように、甘い声で。

――私と心中しない？

僕はあのとき、彼女になんと答えるべきだったのだろう。一緒に飛んでやるべきだったのか。それとも何か、言える言葉があったのだろうか。

なにも言えなかった。それはつまり、僕はなにもできなかったということだ。なにもしてやれなかった。彼女の素顔を知っているつもりで、僕はやっぱり彼女のなにもわかってはいなかった。なんの救いも与えてやれず、思いとどまらせることもできず、止める間もなく彼女は屋上の向こう側へ落ちていった。

伸ばした手は空を切り、彼女の髪の先が指先を掠《かす》めて、消えていった。

何かが潰れる、音がした。

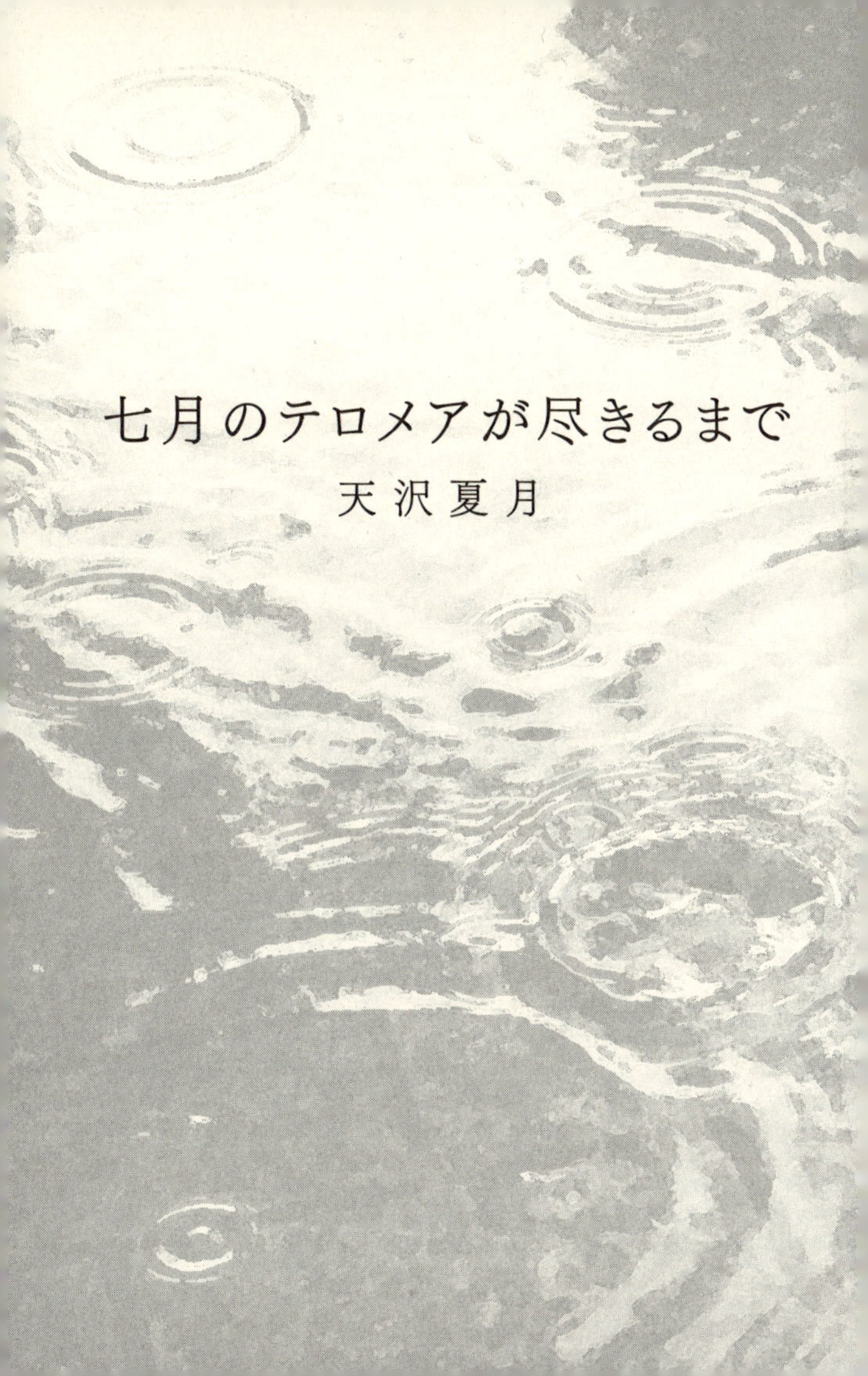

七月のテロメアが尽きるまで

天沢夏月

1

女子高生のカーディガンについて、ある女子生徒と話をしたことがある。

「なんで女子って、夏でもカーディガン着てるんだろう」

「クーラー対策、日焼け対策、お洒落《しやれ》に個性。色々万能なんだよ、カーディガンは。ただ、ウチの場合はまたちょっと意味合いが違うかなあ」

ウチの学校の女子の序列はだいたいカーディガンでわかるんだよ、と彼女は自分も女子のくせ他人事《ひとごと》のように言っていた。

「まずカーディガンを着てるかどうか。そしてカーディガンを着てるなら、その色を見るの」

彼女の言わんとすることはすぐにわかった。

言われてみれば、クラスでも目立つ女子はだいたい色とりどりのカーディガンに身を包んで、教室の中でお祭りのカラーひよこみたいにピカピカしている。彼女たちにとって、カーディガンはステータスなのだ。クラスの他の子と被《かぶ》らない色を見つけて、それを自分だけのカラーとして所有し、ぴよぴよと主張している。

「人気の色を着てる女の子は地位が高いの。ピンクとかね。でもそういう色は高倍率だから、なんとなくクラスの中心になる女の子がそれを着て、他の子は近いけどちょっと地味な色で我慢したりしてるんだよ」

かく言う彼女もカーディガン組だった。いつも白の、体型より一回り大きいのかだぼっとしたカーディガンをパーカーのように羽織っていた。あれが地位の証明になるというのだから、女子の社会の複雑さは、男子社会からも外れている僕には想像も及ばない。もっとも、彼女は確かに、白が似合う少女ではあった。

へえ、と僕は言った。

「おもしろいね。じゃあ僕もピンクのカーディガン着てきたら仲間に入れてもらえるのかな」

盛大に皮肉を言ったつもりだったが、彼女は笑っただけだった。

「あはは。いいよ、入れてあげるよ」

それが僕が飯山直佳と初めて交わした会話で、最後の会話になるはずだった。

彼女は目立つ生徒だった。わかりやすくクラスの上流階層だった。髪の毛は薄い栗《くり》色《いろ》で、いつもポニーテールにしていた。色白の肌に似合う紺のセーラースカートは、標準より少し丈を上げて、ほんのちょっと〝フツウ〟に抗《あらが》っていた。話せばよく笑い、口を閉じればよく動き、真面目だが固すぎず、時として調子には乗っても絶対に一線は踏み外さない。そういう意味で、彼女は確かに〝白〟っぽかった。同時に紛れもなくカーディガン組でもあった。

二度目に彼女と話をしたのはそれから半年以上後の、高校二年の七月一日のことになる。

東棟三階の隅っこに、誰も使っていない空き教室が一つある。元々は視聴覚室だったらしいのだが、西棟新校舎の完成と同時に使われなくなり、現在では完全に物置と化している校内の小さな吹《ふ》き溜《だ》まりだ。スピーカーやマイクに始まり、パソコンやオーディオ機器、無駄に三つある掃除用具入れに大量の机と椅子——とにかく使われないものが山と積まれている。壊れているのか鍵がかからず、いつでも入れるその場所を、僕は昼休みの喧騒《けんそう》から避難する小さなシェルターとして利用していた。昼休みになるとお弁当を持って教室を出て、空き教室へ入り窓際の一番端の席に座って音楽を聴きながらお昼を食べる。オーディオ機器がまだ生きていることに気づいたので、それにお気に入りのCDを入れてイヤホンを繋《つな》いでいた。だいたいはピアノ楽曲だ。

普段ならそのささやかな平穏を乱すものは、五時間目開始五分前に鳴る予鈴のチャイムだけのはずだった。ががらっ、と立てつけの悪い引き戸が開いたかと思うと、一人の女子生徒が顔を覗《のぞ》かせた。

自分以外にもこの場所を縄張りにしている風変わりな生徒がいること自体はあまり驚きではなかった。今までもその形跡はあったし、そもそも教室は僕の私物じゃない。

驚いたのは、その風変わりな生徒が飯山直佳《いいやまなおか》だったということだ。

七月になりたての校舎はすでに半袖の生徒が目立つようになっていたが、着ていることがステータスのカーディガン組が暑さごときにめげるはずもなく、今日も彼女は白いカーディガンを羽織っていた。しかし、カーディガン組は普通、昼休みにこんな場所には現れない。教室や、渡り廊下や、中庭で、きゃっきゃとランチタイムに忙しいはずの時間だ。彼女の登場は、とても矛盾していた。小さなポーチを手にしていたが、お昼ご飯が入っている様子もない。

「あれ、内村《うちむら》くん」

飯山が僕に気づいた。

「……どうも」

嫌いなプチトマトを意を決して口に運びかけていた僕は、仕方なく返事をする。

「なんでこんなとこにいるの？」

「お昼ご飯を食べてる」

「見ればわかるよ。なんでここで食べてるの？」

「教室が嫌いなんだ」

隠すようなことでもないので正直に言うと、飯山がうなずいた。

「それも知ってる」

「そう。じゃあ何が訊《き》きたいのかな」

「なんで幽霊教室なのかなって思って。場所なら他にもいくらでもあるのに」

旧視聴覚室のことを幽霊教室と呼ぶのは女子だけだ。男子の大半は信じていない。要するに〝出る〟という噂《うわさ》があるのだが、僕も信じていなかった。

「幽霊教室だからこそ、だよ。ここ人が来ないから。あとオーディオが使える」

僕は古ぼけたオーディオ機器を指差した。

「なるほど。お邪魔でしたか」

飯山は困ったように頭をかいた。

「どうしようかな……」

飯山がぽつりとつぶやいたので、僕はまだ半分残っているお弁当箱の蓋を閉じた。

わざわざ人気のない旧視聴覚室を選んで入ってきたのだから、あまり人に言いたくないことを考えているのは想像に易《やす》い。

「ここ使いなよ。僕はもう食べ終わるから出ていく」

立ち上がってそう言うと、飯山が目を見張った。

「え？　でもまだ昼休み長いよ」

「飯山さんの言う通り、他にも場所はあるから」

正直に言うとそんなに行く当てはなかったが、別に教室に戻ったっていい。どっちにしても、この場所を飯山が定期的に使っているのなら今後も出くわす可能性があるということだ。別の場所を探さなければならない。

飯山がすっきりしなさそうな顔で立ち尽くしているので、僕はその横をすり抜けてドアに手をかけた。

「あっ」

背後で飯山の声がした。かと思うと、何かがカタタタタッと立て続けに音を立てて床に散らばる音がした。振り返ると、飯山がやってしまった、と言いたげな顔で天井を仰いでいる。足元にはなにやら大量の——ＵＳＢメモリ？

「やってしまったー」

飯山は実際そう呻《うめ》きながらしゃがみこみ、口の開いたポーチにUSBを拾い始めた。あのポーチにUSBが入っていたらしい。口が開いているのに気づかずひっくり返してしまったのだろうか。

一瞬迷ったが、僕はドアにかけていた手をひっこめ、彼女の前にしゃがみ込んだ。手近なUSBを何個か拾って、黙って渡す。すべて同じ規格の、小さな白色のUSBだった。一つ一つに手書きのラベルが貼られ、名前が書かれていた。見覚えがある名前が多い。僕はすぐにそれがクラスメイトの名前だと気がついたが、何も言わなかった。彼女は受け取りながら僕の顔を不思議そうに見た。

「……ありがと」

「別に、これくらい」

なぜそんなに大量のUSBを持ち歩いているのだろう、と思ったたし、クラスメイトの名前が書かれたUSBの中身は気になった。人付き合いに消極的で、他人と関わらない僕だが、他人に興味がないわけではない。ただ、知らない方がいいことの方が、大概世の中には多いということを、僕はよく知っている。

「……やっぱり私、出てくよ。内村くん、まだお弁当食べ終わってなかったでしょ」

飯山が言って、素早く立ち上がった。僕が何かを言う前に教室の扉に手をかけ、さっと出ていってしまった。

傷つけたかもしれない。心を読まれたとは思わないが、弁当の中身は見抜かれていたらしい。

「……今さらだ」

自分で言い聞かせるようにつぶやいて、僕も教室を出ようとした。つま先に何か当たる感触がして、こつん、と音がした。蹴飛ばした何かが床の上をしゃがみ込んで見てみると、それはさっき拾ったのと同じ、白く小さなUSBメモリだった。飯山の持ち物だろう。

しばらく考えて、僕はそれをポケットに入れた。


うちの学校には〝オープンスクール係〟というものがある。中学生向けに開催されるオープンスクールにおいて、教員の手伝いや来校者向けの受付、案内などを担当する係だ。在校生と触れ合うことで校風を感じてもらう意図があるそうだが、三年生は受験で忙しく、一年生はこの時期まだ高校生活に馴染《なじ》み切っていない。ゆえにこの係は二年生のみに割り当てられていて、夏季休暇や大型連休、冬休みなど、年に何回かまとまった日数を取って実施されるイベントのたび、各クラスから男女一人ずつが招集されることになっていた。僕を含め誰もが、できることなら避けたいと願ってやまない面倒な仕事だ。

「夏休みのオープンスクールの係決めるぞー」

その日の放課後のホームルームで担任の永井《ながい》がそう言うと、案の定クラスには微妙にめんどくさそうな気配が漂った。永井はこの反応を予想していたのか慣れているのか、黒板の端っこに小さく「オープンスクール係」と書いて二つ枠を作る。

「立候補するやつは今日明日で名前書いとけー。誰も書いてなかったら明日の放課後のホームルームでくじ引きするからなー」

「えー」とお約束のようにブーイングが上がるのを僕はぼんやり聞いていた。立候補するつもりは毛頭ない。くじ引きではずれを引く確率は男女合わせて四十人のこのクラスでは五パーセントほどだ。僕がオープンスクール係になる可能性はほぼない。

そうか、もう夏休みなのか、という淡泊な感慨だけがあった。

窓の外、東棟越しに見える世界には、まだ梅雨の明けないモノクロームの空がどんよりと裾野を広げていた。雨が好きな僕は、梅雨も好きだった。なにもかも音を吸い込んでしまうような、しんしんと降る梅雨時の雨。暑いのや、うるさいのは嫌いだ。

今年の夏も、あまり家からは出ないのだろう。

ホームルームの後、当番になっていた物理室の掃除から戻ってくると、黒板になにやら小さく人だかりができていた。女子のカーディガン組だ。

「夏休みにオープンスクール係とかまじないよねー」

「まあねー。でもウチ結構進学校だからこういうのきちんとしてるよね。あたしも中三のとき来たよ、ここのオープンスクール」

「まっじめ。そんときの二年どうだった?」

「いやー、笑えるくらい無愛想。でもそりゃそうだわって今なら納得」

「どうせなら先生も愛想良さそうなの選んじゃえばいいのにねー。どうせ教師命令だったら逆らえないんだしさ」

「じゃあ、マナやればいいじゃん」

「いや中坊の相手とかまじ勘弁」

笑い声に釣られて僕は一瞬彼女たちの方へ視線をやった。一際高い声で笑っているボルドーレッドのカーディガンの女子が、片柳真奈《かたやなぎまな》だ。そのカーディガンの色は、たぶんこのクラスでは一番色が濃く、一番地位が高いのだろう。その隣の横川由美《よこかわゆみ》は、ピンク色のカーディガンを着ている。彼女も目立つ女子で、この二人を中心に三組のカーディガン組は徒党を組んでいる。

「ユミこそやれば。内点上がるらしいよ」

「やだよ。ってかその時期の予定もう埋まってるし」

「はっや。くじ引きで当たったらどうすんの！」

「こんなかの誰かに代わってもらう」

「絶対やだし！」

「ナオに代わってもらえば。こういうの上手そうじゃん」

「ああ、ナオね。いいかもね。っていうか最初から名前書いとけばいいじゃん？」

「こらこら」

こつこつこつ、と黒板にチョークを走らせる音がした。再びチラリと目をやると、飯山直佳、と名前が書かれていた。白いカーディガンの少女はその場にはいない。

「そしたら男子は……」

そのままぼーっと黒板の方を見ていた僕は、席を見てクラスの男子リストでも思い出そうとしたのか、振り向いた片柳とちょうど目が合ってしまった。

「あれ、いたの内村」

「……いたよ」

いたので、仕方なく答える。

「内村はどうよ、オープンスクール係」

「冗談でしょ」

突き放すように言うと、何がおもしろいのか片柳はまたげらげら笑った。

「だよね。内村は絶対やらなそうだよね」

「どうも」

僕はせいぜい愛想の悪そうな笑みをにこっと浮かべる。中学生相手に作り笑いを浮かべて校内案内なんて冗談じゃない。その点で僕と片柳は、同じ意見を共有している。片柳は男子の誰がオープンスクール係に向いているのか、クラスを見渡しながら考えているようだった。黒板にまだ飯山の名前が残っているのをちらっと見てから、僕は教室を後にした。


それの存在を思い出したのは、家に帰ってからだった。

「あ」

家の鍵を取り出そうと制服のポケットに手を突っ込んで、指先に触れる馴染みのない感触に間抜けな声が漏れる。すっかり忘れていた。ポケットから出てきたのは、家の鍵ともう一つ、白い小さなUSBメモリ。

旧視聴覚室で拾った、飯山の落とし物だ。

後で渡そうと思っていて、すっかり忘れてしまっていた。飯山はメモリが一つ無くなっていることに気がついただろうか。放課後特に声をかけられたりはしなかったが。

……明日渡せばいいか。

たかだかUSB一つ、一日ないくらいで困るようなものでもないだろう。

考えながらなにげなくUSBをひっくり返した僕だったが——ラベルを見て硬直した。USBを持ち上げて目を細め、穴が空くほどそれを見つめる。

他のUSBと同じように、そのUSBにもラベルが貼られていた。しかし、そのラベルに書かれているのは、名前ではなかった。

少し角の剝がれたそのラベルには英語でこう書かれていた。

"suicaide memory"

「スーサイドメモリー……自殺記憶？」

自室に籠もってノートパソコンの電源を入れる。制服から着替え、USBメモリをポケットから出す。何度見てもそこには二つの英単語が並んでいる。立ち上がったデスクトップ画面のローディング表示を見つめながら、僕は一瞬迷った。

最終的には何かが罪悪感を押し殺した。それが何なのかを僕は知っていたが、それもついでに押し殺した。

USBをポートに差しこむと、青い光が何度かちかっちかっと点滅して、エクスプローラーが自動で起動する。中身はフォルダが一つとファイルが一つ入っているだけだった。フォルダには〝七月のテロメア〟と不思議な名前がついている。クリックするとパスワードを要求された。当然僕にはわからない。ファイルの方はシンプルなテキストファイルだった。タイトルは無題。容量は微々たるもので、更新日時はつい最近になっている。

読めないフォルダはひとまず放っておいて、僕はロックのかかっていないテキストファイルの方を震える指でクリックした。

遺書

これは遺言です。

私は死にます。自殺します。

生きることに、疲れました。

というより、今まで私は生きていたのでしょうか。

わからなくなりました。ずっとわからないのです。自分が生きている今日が本当に今日なのか、覚えている昨日は本当に昨日なのか、待っている明日は本当に明日なのか、ずっとズレを感じるのです。

もう疲れました。

誰のせいということもありません。私はただ、一人ぼっちで、勝手に自分自身に絶望して、死にます。父のせいでも、母のせいでも、友だちのせいでもありません。私のせいです。すべて、私の責任です。

死後のことは両親と先生に任せます。先立つ不幸をお許しください。

僕はUSBをパソコンから引き抜いた。

「……どうして」

その日は久しぶりに、眠れなかった。

*

翌日は雨だった。

ビニール傘を差して学校へ行くと、教室の黒板にはまだ飯山の名前が残っていた。片柳たちは消さなかったらしい。黒板消しに目がいくが、教室にはすでに何人かクラスメイトがいる。僕はおとなしく自分の席に座った。

飯山が登校してきたのは予鈴が鳴った直後だった。今日も白いカーディガンを羽織っていた。彼女は黒板に書かれた自分の名前を見て、一瞬動きを止める。片柳たちはしれっとしていた。悪ふざけのつもりなのだろう。飯山は片柳とも普段仲良くしている。

僕は「もー、これ書いたの誰ー？」と飯山が言い出すのを待った。たぶん、片柳たちも待っていた。

飯山は何も言わなかった。

ただトスン、と自分の席に座って、そのまま鞄《かばん》からノートや筆箱を机にしまい始めた。

ちょうどチャイムが鳴って、永井が教室に入ってきた。さっそく黒板に目を止めて、意外そうにそこに名前が書かれた女子生徒の方を見やった。

「お、飯山は立候補か？」

飯山は、ただうなずいただけだった。

僕は片柳を振り返る。彼女も目を白黒させていた。どうやら飯山は、自分で書いてもいないオープンスクール係を引き受けるつもりらしい。なんだかんだとずっと同じクラスなので僕は飯山のことをそれなりに知っているつもりだったが、まったくもって予想外の展開だった。

「ナオ、なんでなにも言わなかったのよ」

「え？」

ホームルームが終わった後、授業までの数分で片柳たちが詰め寄っていた。事情を知る僕は密《ひそ》かに耳を澄ませる。

「あれ、あたしたちが書いたんだよ？　悪戯《いたずら》でさ。それをなんで、真に受けちゃって」

片柳の言葉を聞いてから飯山が口を開くまで、妙な間があった。

「——ああいや、もともと立候補しよっかなーって思ってたんだよ。でも朝来たらすでに自分の名前書いてあったから、あれっ、昨日書いて帰ったっけ？　ってなって」

飯山の答えが、なぜか僕にはひどく薄っぺらく聞こえた。

「ならないでしょ、普通！」

片柳は気づかなかったようで、飯山の頭をぱしっと叩《たた》いている。飯山はへらへらと笑っている。

僕はポケットの中で小さなＵＳＢメモリを握りしめた。


——私は死にます。自殺します。


昨日あんなものを見たせいか、飯山のすべてが奇妙に空っぽで、抜け殻のように感じた。その笑みも、いつも通りの明るい立ち振る舞いも。

その後、飯山は普通に授業を受けていた。今の僕の席は教室の左後方。飯山はちょうど教室の中ほどに座っていて、僕の位置からは彼女の様子がよく見える。真剣にノートを取る横顔。たまに髪をかき上げる仕草。結び目を気にしているのか、ポニーテールをしょっちゅういじっている。

自殺。

それは、飯山直佳を知る人間には連想しづらいワードだろう。

彼女は去年の文化祭が終わった頃、ふらりと一年三組へやってきた。転校生というわけではない。もともとこの学校の生徒だが、一学期はずっと学校を休んでいたのだ。学校行事が終わった直後のクラスというのは妙な連帯感が生まれていて、半年近くブランクのある人間にはさぞかし立ち入りづらかろうと周囲も微妙に気を遣っていたのだが、彼女はそんな気遣いがばかばかしくなるくらいあっという間にクラスに溶け込んだ。それはもう、見事に。四月からクラスにいるはずの僕の方が、部外者だと思われてもおかしくないほどに。僕には——誰にも言いはしなかったが——高校浪人という引け目もあったが、彼女と比するならそんなものは言い訳にもならなかった。

そう、飯山はクラスに溶け込んでいる。学年が二年に上がっても、それは変わらない。新しいクラスでもあっという間に新しい人間関係を構築するそのスピードは、確かに何色にも染まる〝白〟っぽさがある。

成績優秀。

運動も得意。

人間関係も良好で、教師からの信頼も厚い。

生徒会なんかにも勧誘されていたようだが、彼女は委員会と部活動には所属しなかった。代わりに放課後はよく、カーディガン組で集まって楽しそうにおしゃべりをしていた。

半年のブランクが嘘《うそ》のように、彼女は白いカーディガンを翻して高校生活を謳歌《おうか》していた。

――遺書。自殺。生きるのに疲れた。

それは、飯山直佳には結びつけづらいワードだ。

一日過ぎてしまったせいで、USBが返しづらい。

そうでなくともあのラベルのせいで渡しづらかったし、直渡《じかわた》しはしたくなかった。かといってこっそり机に置いていくのもだめだ。中身を見てしまった後ろめたさはこっちの方が出ている気がするし、飯山は僕だと気づくだろう。そうすると結局、口止めされたりなんだりで彼女と話さなくてはいけなくなる気がする。これでは直渡しとそう変わらない。

結論として、旧視聴覚室に置いてきてしまうのがよいと僕は考えた。

さっさと手放してしまいたいのは山々だが、ゴミ箱に捨てるのはさすがに気が咎《とが》める。だから、そもそも拾わなかったことにするのだ。あそこは生徒が寄り付かない場所だ。置いていったところで再び拾われる心配も少ない。飯山があの場所を頻繁に使っているなら、そのうち見つけるかもしれない。すでに探してしまった後だとまずいが、昨日の今日なら飯山はまだメモリの紛失に気づいていない可能性が高かった。

四限に思いついたので、昼休みに置いてこようと思ったが、先生に頼まれてノートを職員室へ運んだので少し出遅れた。一度教室へ戻ると飯山がいなかった。まさか、と思いつつ僕は急ぎ足に三階へ向かう。

幽霊教室の扉は締まっていた。立てつけが悪いので開けると絶対に音が鳴るが、僕は音を鳴らさずに開ける方法を知っていた。少しだけ、持ち上げるように開けるのだ。わずかにできた隙間から覗き込むと、悪い予感が当たっていた。飯山が机の上に座り込んで、例のポーチを漁《あさ》っている。まずい。メモリを探しているのか……？　右手の中で握りしめたメモリが、手汗で滑る。

息を潜めてそのまま見ていると、飯山はふいに手を上げた。持っていたのはＵＳＢではなかった。遠目にも、僕はそれが錠剤のＰＴＰシートだとわかった。

飯山はそれをぷちぷちといくつか押し出して、嫌そうな顔をしながら一気に飲み込んだ。

それから再びポーチに手を入れて、ごそごそと何かを探すようにかき回し、

「……あれ、ない？」

心臓がドキンと跳ねた。ポケットに突っ込んだままの右手の中でメモリが踊る。

「あれっ。うそっ」

飯山が慌てたようにポーチを引《ひ》っ掻《か》き回《まわ》し始《はじ》めたところで、僕はそそくさと旧視聴覚室から離れた。

飯山は昨日のことに思い至るだろう。あの場所で、一度ポーチの中身をぶちまけたこと。そうしたら彼女はきっと、旧視聴覚室中を探して回る。だが、メモリは見つからない。それは僕が持っているからだ。

いよいよ手詰まりだった。メモリは今日この時点で旧視聴覚室に存在しない。これ以降、あの場所にメモリを戻すのは明らかに不自然だ。もはや僕がメモリを手放す術はすべてを正直に話して返すしかないが、それができるくらいならそもそも元の場所に戻そうなどとは考えない。あるいはこれを先生に渡すという手もあるが、教師を経由したところで結局は僕の名前を出されるのだろうから、結果的にはやはり直に渡すのと大して変わらない。間に大人を挟む分だけ話が面倒になりそうでもある。

結論として僕が取れる手は、持っていない振りをし続けることしかなかった。僕は何も持っていない。何も見ていない。何も知らない。一番楽で、一番卑怯《ひきょう》で、一番冷酷な方法。何と言われようとかまわない。僕にとって一番重要なことがそれで達せられる。

自殺しようとする人間。

そんな人間に、関わってはいけない。関わったところで、僕ごときにはなにもできやしないのだから。ましてや飯山になど――。

……それにしても。

頭の中をぐるぐると巡る思考とは別に、頭の隅を突っつく疑惑。

あれは、なんの薬だろう。

放課後のホームルームまで、当然のように男子の枠は埋まらなかった。女子の枠に書かれた飯山の名前はそのまま残っていた。

「じゃあ宣言通りくじ引きなー。男子集合ー」

永井が用意してきたくじを男子が順に引いていく。男子二十人。廊下側から引いていくので、窓際に近い僕の順番は後の方だ。

一本だけのはずれ――もとい、当たりはなかなか引かれなかった。くじ引きの列はどんどん短くなっていき、やがて僕の番がきた。

小さな箱に手を突っ込み、一番最初に手に触れたくじをつまむ。引っ張り上げると、永井がそれを受け取り開いた。

「おー、当たりだ」

僕は思わず「げっ」と唸《うな》った。

「げっ、とはなんだ。立候補してる飯山に失礼だろ」

永井の軽いゲンコツを食らい、頭を抱える。

「じゃあ夏のオープンスクール係は飯山と内村に決定！」

ぱらぱらとまばらな拍手に祝福され、僕はめでたく五パーセントの確率のはずだったオープンスクール係になってしまった。

掃除の後、教室へ戻ると飯山が黒板の前に立っていた。自分で書いていない自分の名前を見つめて、ぼんやりとしている。一瞬、ポケットの中でメモリを転がしながら返す口実を探してみたが、やはりうまくいかなかった。視線を感じたのか、飯山が振り返って微笑《ほほえ》んだ。

「よろしくね、係」

僕は精一杯嫌そうな顔をした。

「今日はくじ運悪くて」

「げっ、とか言ってたもんね」

「飯山さん、なんで係断らなかったの」

飯山は黙って肩をすくめた。

「片柳さんたちが悪戯で書いたんだよ、飯山さんの名前」

朝本人たちが白状していたことを改めて付け加えると、今度はうなずいた。

「別にいいかなって。どうせ誰もやりたがらないし」

その言い方は、少し投げやりに聞こえる。

「それに、ちょうどいいんじゃない？　帰宅部で暇だし。内村くんも帰宅部だよね」

「そうだけど」

「じゃあどうせ夏休み暇でしょ」

「……僕にだってやることくらいあるよ」

「たとえば？」

たとえば……そう。

「溜《た》まっているミステリの積本を一気読みする」

「うん、暇だね。まあ座りたまえ」

飯山は自身も最前列の誰かの席に座りながら、隣の机をぽんぽんと叩いた。突っ立っていると、少し怖い顔になって、もう一度強めに机を叩く。僕は渋々、飯山が叩いた机ではなく、斜め後ろの机に腰掛けた。すると飯山がわざわざ僕の前の席に座り直して、くるり、とこっちを向いた。

「内村くん」

まっすぐに見られるのは苦手だ。飯山でなくとも。

「私に何か訊きたいことがあるんじゃない？」

ぎくり、としたが、かろうじて顔には出さずに済んだ。

訊きたいこと。

ＵＳＢを大量に見たことか。あるいは、例の自殺記憶のことか。はたまた、お昼に覗いていたことに気づかれていた？　普通に考えれば一つ目だろう。

僕は教室を見渡す。掃除後の教室に、残っている生徒はまばらだった。僕と飯山が話しているのは、オープンスクールの係のことだと思われるはずだった。

「……飯山さんは、ハッカーなの？」

と、僕は声を潜めて訊《たず》ねた。

飯山が目を真ん丸にして、それから噴き出した。

「えっ、えっ、なんでそうなった」

「いや、ＵＳＢいっぱい持ってたから。学校からハッキングした生徒のデータとか、持ち歩いてるのかなって思って。個人情報収集するのが趣味なの？」

「なるほどなあ……そうなるか。うん、そう。私ハッカーなの」

「だと思ったよ」

「君の個人情報も色々知ってるよ」

「それは困ったな。どうしたらいい？」

「私がハッカーだってこと、みんなに内緒にしてくれたら言いふらさないであげる」

「わかった」

もちろん僕は飯山がハッカーでないことをよく知っていたし、それは飯山にも伝わっただろう。要するに線引きだった。僕は話の核心を逸《そ》らし、飯山はそれに乗った。あの件はそういうことにしておく。そういう線引きだ。そういうことにしておかないと、僕は飯山に深く関わることになりそうで、それは避けたかった。

「内村くんって、おもしろいね」

人の気も知らないで、飯山は呑気《のんき》に言う。

「どこが？」

「うーん、言葉選び？」

「それはどうも」

飯山には悪いが、僕はおもしろい言葉を選んだわけではない。やっていることは、メモリをポケットに隠しているのと本質的に何も変わらない。

しかし、飯山はさらに身を乗り出してくる。

「俄然《がぜん》君に興味が湧いてきたな」

それは困る。

「どうして」

「よく知らないんだもの。昨日今日以外でしゃべったことないし」

僕は喉の奥で少しだけ疼《うず》いたものを無理矢理飲み下した。

「だいぶ前に、しゃべったよ」

「……ごめん。覚えてない」

「いいよ、別に。大したことじゃない」

飯山に言ったつもりが、どうにも自分に言い聞かせているような気がして、僕は付け加える。

「飯山さんが、学校に来た頃だったかな」

……そう。彼女が学校に来た頃だった。

「へえ。意外だな。そんな前のこと、覚えててくれたんだ」

「意外？」

僕が顔を上げると、飯山の真顔が目の前にあった。

「いや、なんか私、内村くんに嫌われてるのかと思ってたから」

ぎくりとする。避けているのは、事実だ。

「ほら、昨日とか。あと、二年になったとき最初席前後になったけど、全然目合わせてくれなかったし」

クラス替えの直後は中学のときのように、最初だけ出席番号順で座らされる。名前が近いので、確かに僕と飯山は席が前後になった。彼女のポニーテールが毎日目の前で揺れるのを、プリントを回すために振り返る彼女の顔を、僕はなるべく見ないようにしていた。

「別に嫌ってはいないよ」

嫌ってはいない。それも事実だ。

「日陰者の僕には、まぶしいんだよ」

上手《うま》い言い訳は思いつかなかったので、ある程度の事実を述べた。

「私が？」

「そう。僕とは違う人種だ」

「そうかな」

「そうだよ」

「でも嫌ってはいない？」

そんなふうに確かめられて、僕は仕方なくうなずく。

「ならいいや」

飯山は嬉《うれ》しそうに微笑む。その笑みに、僕は胸が痛んだ。彼女にとって、僕に嫌われないことが意味を持つことに、確かに胸が痛んだ。

その日、僕たちはとても多くの言葉を交わした。ちょっと話して帰るつもりがいつしか時計の長針は一周し、二周しようとしていた。別に時間を忘れていたわけではない。飯山が次々と話を転がすから、席を立つきっかけがつかめなかっただけ……というのはたぶん、また自分に言い聞かせている。

放課後の教室には僕らしかいなかった。どこかで吹奏楽の練習が聞こえる。軽音楽の練習が聞こえる。いつのまにか雨の止《や》んだグラウンドから、どこかの運動部の掛け声が聞こえる。雨の音がしない。夏の気配がする。

飯山との会話は、少しだけ雨あがりに似ている気がした。

*

〝自殺〟でグーグル検索をかけると最初に出てくるのはウィキペディアだ。だがこれを〝自殺方法〟で検索すると、とある電話番号が表示される。いわゆる相談ダイヤルだ。〝死にたい〟でも同様の結果になる。僕も何度か検索したことがあった。飯山も絶対あるだろう。

自分の中で色々な感情が暴れるのを、僕は無理矢理鎮める。自分を律する。話を聞いてもらうだけで楽になるなんて、その言葉自体が気休めと偽善に溢《あふ》れている。他人に相談したっていじめは終わらない。過労はなくならない。心の傷は浅くならない。世界は悲劇と偽善に満ちている。善人になれないのなら、潔く他人になる方がいい。

……そう簡単に他人になってしまえたのなら、どんなにか楽なのだろう。

僕は飯山のUSBメモリを自分の机の引き出しにしまっていた。完全に盗んでしまった形になっているが、それさえも中身を見てしまった衝撃に比べたら些細《ささい》な罪悪感だった。飯山直佳に自殺願望がある。僕はその事実を、未《いま》だに受け止めきれていない。中途半端に痛みを感じている僕こそが、誰よりも偽善者なのかもしれなかった。

「内村くん、幽霊教室へ行こう」

七月四日。突然昼休みに飯山が席までやってきてそんなことを言い、今日どこで昼休みを過ごそうかと考えていた僕は目を白黒させた。

「なぜ？」

「オープンスクール係の打ち合わせをするんだよ」

「そんな話は聞いていない」

「あれ？　昨日言ったじゃん」

「そんな話は聞いていない」

二度繰り返したが却下された。旧視聴覚室へ連行される僕を、クラスメイトたちが奇妙なものでも見るような目で見送る。

旧視聴覚室へ入ってから、僕は三度抗議した。

「そんな話は聞いていない」

「まあね。言ってないしね」

しれっと言われて絶句する。

「じゃあなんで僕はここに連れてこられたんだろう」

「オープンスクール係の打ち合わせをするんだよ」

彼女はにこっとして、一言一句違《たが》わず繰り返した。とても自殺を考えているとは思えないその笑顔と、メモリの中にあった悲痛な遺書。かけ離れた二面性は、しかしそれゆえに生々しく痛々しい。

「……なにを企《たく》んでいるのかな」

「人聞きが悪いなあ。私はただ、同じ係になった内村くんのことをもう少し知りたいと思っているだけだよ」

「本当に?」

「本当に。あ、あとね、前に一回話したっていうの、思い出した。カーディガンの話だよね」

「そう。カーディガンの色の話」

ちょうど彼女が学校に復帰した頃だった。

「ピンクのカーディガンは着ないの?」

彼女が可笑《おか》しそうに笑う。そういう彼女は、今日も白いカーディガンを羽織っている。

「白なら着てもいいかな」

会話が始まってしまったので、僕は仕方なく――そう、仕方なく――手近な机に浅く腰掛けた。飯山はお弁当の包みを広げながら小首を傾《かし》げる。

「白は私のポリシーだから、譲れないな」

「ポリシー？」

「何ものにも染まらないぞ、っていう意志表示。無所属の宣言」

そうなのか。むしろ、何色にも染まる柔軟さの表れなのかと思っていた。そもそも、

「無所属っていうのは、僕みたいな人間のことを言うんだよ」

「内村くん、人間関係になんかトラウマでもあるの？」

僕は少しだけ固まった。

「……あるように見える？」

飯山は思い出すように指をくるくる回している。

「なんかあれなんだよ、そう、乙一《おついち》の小説に出てくる男の子みたい」

「乙一か。好きそうだね」

「あれ、そう見える？　初めて言われたなあ。合ってるけど」

しまった、と内心で舌打ちしながら僕は言い訳を探す。

「片柳さんだったら違和感あるけど、飯山さんなら本読んでそうだから」

「あー、うん。あの子の恋愛観は少女漫画でできてるね」

飯山はくすくす笑う。

「内村くんも乙一好きそうだよね。あと村上春樹《むらかみはるき》とか」

「……なんでそう思うの」

「んー、なんか内村くんって、透明な感じがするから」

「そう？」

それこそ初めて言われた。

透明。

よくわからなかった。その言葉から連想するのは、綺麗《きれい》で、ポジティブなイメージだ。僕にはそぐわない。それとも、透明人間という意味だろうか。教室の角にできる薄暗い陰の中に沈んでいきそうな、影の薄さを言っているのなら、そう外れてもいない。

「うん。透明な感じだ」

「そうかな」

「そうだよ」

飯山はにこりと微笑んだ。それから、

「食べないの？」

と、僕の手元を指差した。まさに蓋を開けようというときに飯山に拉致されたので、弁当を持ったままだった。弁当箱の蓋を開きかけて、赤いものが見えたので僕は苦い顔になる。

「そういえば内村くん」

飯山からは弁当箱の中身は見えないはずだが、まるで見透かしたように彼女が言った。

「プチトマト嫌いでしょ」

「なんで知ってるの」

今日も入っている。鮮やかな赤色をした、丸い果実。

「食べるとき、嫌そうな顔してたから」

「いつ」

「こないだ。七月一日」

「……ああ」

メモリを拾った日だ。確かにあの日、飯山が教室に入ってきたとき、僕はプチトマトを食べかけていた。

「で、今日もお弁当箱に入ってると見た」

飯山がにやりとした。

「僕、今そんなに嫌そうな顔してる？」

「してる。すごく嫌そうな顔してる」

「食感が嫌いなんだよ。人の体が潰れる音みたいだ」

「聞いたことあるの？」

僕は黙った。

「……ごめん。食事中に出す喩《たと》え話《ばなし》じゃなかった」

「別にいいよ。なんとなくわかる喩えだったし」

飯山は、自分のお弁当に入っていたらしいプチトマトを口に運びながら言った。その表情からすると、彼女はそれが特段嫌いではないらしい。

僕たちはとりとめもない会話を交わしながらお弁当を食べた。シフトと場所の割振りはまだ決まっていないから、結局何を相談することもできなかったが、一応オープンスクールについても話した。飯山はやはり矢継早に会話を転がすので、弁当箱の中身はなかなか減らない。

「内村くんって、休日はなにしてるの」

「寝てるか、本読んだり、漫画読んだり、ゲームしたりかな」

「うわあ、見事に一人遊びだ。出かけたりしないの？」

「散歩くらいなら。雨の日に川沿いとか歩くのは好きだよ」

「ふーん。じゃあ今週の予定は？」

僕は考える振りをしながら、玉子焼きを箸で割る。そういえば、週末に少し楽しみにしていたSF映画が公開になるのだ。人類が食の代わりに電気で生きることができるようになった未来の話で、後頭部からプラグの生えたハリウッド俳優のPVを初めて見たときから気になっていた。タイトルは確か——そう。

「『ライフ・プラグ』を観《み》にいこうかなって」

途端に飯山が目を輝かせた。

「え、それ私も気になってた！　観たい！」

「えっ」

まだ公開されてもいないSF映画のタイトルだけでピンとくるやつは、たぶんかなりの映画好きだ。僕は飯山がそうだとは思っていなかったし、「なにそれ？」と訊かれたら簡単なあらすじを説明するつもりでタイトルを口にしたのに、どうやら彼女はピンときてしまったらしい。

「頭からコンセントみたいなの出てるやつでしょ？　観たい観たい観たい！」

飯山がきらきらした目でこっちを見ている。僕は無視した。

正味十秒は無視したが、まだ見ているので、渋々水を向けた。

「……なに？」

「私も観たいなー？」

「悪いけど、映画は一人で観る主義なんだ」

「あ、ひどい！　わかってて無視したね？」

僕はまた無視する。飯山がため息をついた。

「やっぱり嫌われてるのかー」

今度は僕がため息をつく番だった。

別に嫌われたっていい。冷たいと思われてもいい。それでも僕は、彼女に関わりたくない——そう思っていたはずなのに、口が勝手に動いた。

「……あの映画、PVを見る限りガッツリSFアクションで女子向けとは言い難《にく》いけど——」

言いかけた僕は、飯山の表情が変わらないのを見て途中で口をつぐんだ。もう一度ため息をついて、言い直す。

「――飯山さんも来る？」

渋々の誘いに、今度は飯山はぱっと顔を輝かせた。

「いいの？　やったー！」

ばんざーい、と諸手《もろて》を上げる飯山は本当に嬉しそうで、僕は彼女が何を考えているのか本気でわからなくなった。自殺を考えているような人間が、こんなふうに笑えるのだろうか。迫真の演技だと言われた方がまだ信じられる。

――ひょっとしたら彼女は、僕がメモリを持っていることをわかっているのかもしれない。

2

天井の蛍光灯の明かりにかざして何度見ても、そのラベルには不吉なタイトルが書かれている。自殺記憶。死を綴《つづ》ったUSBメモリ。

飯山はたぶん、僕がこれを持っていることに気づいている。だから彼女は今日、僕に近づいてきたのだろう。

不思議なのは、メモリを持っているかどうかを確かめもしなかったことだ。訊かれたところで僕は嘘をついただろうし、証拠がないことは彼女もわかっていただろうから、無駄だと思ったのだろうか。それとも秘密を知った僕が誰かに口を滑らせないか、近くで目を光らせようと考えたのだろうか。

そんなことはしないよ、と胸中でつぶやく。

そんなことはしない。僕は誰かの心に触れることを決してしない。僕みたいに人の心がわからない人間が、優しさだと思い込んでいるものは大概偽善だ。偽善で人は救えない。同情、受容、推察、そんな曖昧な概念でしか人に触れられないのなら、最初から他人でいたって同じだ。

僕は、自分に何もできないことを、どうしようもなく知っている。

それなのに僕は、飯山と映画を観にいくのだ。

「最低だな」

ぽつりとつぶやいた。メモリが僕を責めるかのように、冷たく白い光を放っている。

＊

約束の日は七月七日だった。織姫《おりひめ》と彦星《ひこぼし》はさぞかし不満だろうが、七夕《たなばた》のその日、空は僕好みの雨模様だった。ビニール傘を広げると、ぱらぱらと小気味のよい音が内側に反響する。傘の上で跳ねては転がり落ちていく雨粒たちを眺めるのが好きで、僕は透明な傘越しに空を見上げながら歩く。雨は気持ちが落ち着いていい。

待ち合わせ場所は駅前の喫茶店で、かなり早めに着いた僕は珈琲《コーヒー》を一つ頼み、窓際のカウンター席に腰掛けて読みかけの文庫本を開いた。残りは七十ページほどで、三十分ほどで読み終わるだろうと踏む。今が九時二十分。約束の時刻は十時だ。飯山が少し早めにくるとしても、ちょうどいいくらいの時間に読み終わりそうだった。

たまに珈琲を啜《すす》りながら、僕は物語を読み進めた。タイトルは『メモリー・マン』。記憶喪失の男の話だ。冒頭記憶喪失に陥った男が、しばらくするうちに記憶を取り戻す。しかし、その記憶がどうにも周囲の反応と噛《か》みあわない。男は苦悩し、自分の持っている記憶が本当に自分の記憶なのか、疑い始める。それはそのまま、自我の崩壊へと繋がっていく——。

翻訳物のSFミステリで、文章も内容もやや難解だが、僕好みの重厚な構成を持つストーリーだった。読み始めたページがちょうどクライマックスに差し掛かっていたので、読み始めてすぐにその世界に引き込まれる。翻訳者による解説を読み終えて顔を上げたときには、時計の針は十時十分を指していた。後半、文章の密度が上がったのと、ゆっくり意味を噛《か》み砕《くだ》きながら読み進めたので、思ったよりも時間がかかったようだ。

僕は店内を見渡したが、飯山の姿はまだ見当たらなかった。雨のせいか、あるいは休日の午前中だからか、人気のないレトロなフロアには僕の他に数人の大人がいるだけで、高校生らしき若者の姿はない。遅刻だろうか。

まあ、待っていればそのうち来るだろう。

僕はなんとなしに文庫本のページを手繰り、もう一度最初から読み返し始めた。

——ところが、二十分が経《た》っても、三十分が過ぎても、飯山は姿を現さなかった。

あきらかに本に集中できなくなってきて、僕は一分に一度顔を上げてはきょろきょろとあたりを見回すが、飯山の姿は見つけられない。店の入り口にはベルがついているので、そんなことをしなくても誰かが入ってくればすぐにわかるのだが、僕は視線をあちこちへと泳がせた。

どうしたのだろう。

遅刻ならまだしも、無断欠席するようなタイプではない。

ふっと、嫌なものが脳裏をよぎった。

——私は死にます。自殺します。

……まさか。

僕は文庫本を閉じて、深呼吸をする。

落ち着け。冷静になれ。そんなこと、あるわけがない。今日、僕たちは約束をしているのだ。約束をした日に、そんなこと、あるはずがない。

あるはずがないのに、落ち着かなかった。僕は彼女の連絡先を知らない。僕はとある理由から携帯を持っていないので、向こうから連絡がくることもない。気持ちを落ちつけようと珈琲をもう一杯頼み、今度はミルクと砂糖を入れて飲んだ。しかし、それを飲み終わる頃になっても飯山は姿を現さなかった。

——結局僕はそれから二時間、喫茶店で飯山を待った。しかし彼女はとうとう現れず、時計の針が三周する前に僕は店を引き上げ、一人家へ帰った。もう映画など、観る気分にはなれなかった。帰り道は、傘を見上げることもしなかった。

飯山が自殺などしていなかったことは、週明けすぐわかった。月曜日、登校するなり彼女が僕の席にきて、ぱんっと手を合わせたのだ。

「ごめん！」

珍しく、カーディガンを着ていないな、と思いながら僕は答える。

「……なにが？」

険のある声が出た。自分でもその感情の出所はよくわからなかった。安堵《あんど》もあったが、それ以上に怒りがあった。僕たちは約束をした。僕はその約束通りに待ち合わせの場所へ行ったが、飯山は来なかった。飯山が来なかったせいで、僕は三時間近くをあの場所で無駄にした。完全に無駄にしたわけではないが、それでも無駄にはなった。僕は彼女に関わりたくないと思っている。映画を一人で観る主義だとも言った。普通に考えて、僕の感情は矛盾している。それでも確かに、僕は飯山が来なかったことに憤慨し――つまりは彼女が来ることを、期待していたのだ。

他人でありたいと言っておきながら、関わりたいと思っている。頭と心が、矛盾している。

「土曜日。本当に、ごめんなさい」

飯山の声は震えていた。本当に申し訳ないと思っていることは、それでわかった。わかったけれど、僕の気持ちは収まらない。矛盾した感情は荒れ狂う。

「どうして来なかったの。僕は三時間飯山さんを待ったよ」

顔を上げた飯山は、少し目元を赤くしているように見えた。

「ごめんなさい。約束を、忘れてしまって……」

僕はぽかんとしてしまった。

忘れた？

身内に不幸があった、とか。急に体調を崩した、とか。別の用事ができた、とか。

飯山の言い訳はいくつか想像していたが、その中に「忘れていた」というのはなかった。まさかあの飯山に限って、本気で約束をすっぽかしたというのか。

「……そう、なら、しょうがないね」

自分の声が恐ろしく空々しかった。呆《あき》れもあったが、それを通り越してしまったのだと思う。飯山はうつむいてしまった。

「本当にごめん」

彼女の旋毛《つむじ》を見ていると、またふつふつと、無性に腹が立ってきた。

そんな縮こまるように謝るくらいなら、どうして忘れたのだろう。忘れるくらいなら、どうしてあんな約束をしたのだろう。忘れてしまったということは、飯山の中では大して重要な用事ではなかったということなのだろう。僕はそのことに、怒っているのか？

何をそんなに苛立《いらだ》っているのか、自分でもよくわからなかった。自分だって飯山にひどいことをしているくせに、僕は彼女にとても腹が立った。もともと一人で観るつもりだったのだ。あの日、映画を観なかったのは僕の都合でしかない。彼女が自殺したんじゃないかと気にして、気持ちが乗らなかったのも僕の都合でしかない。そもそも彼女の自殺の意思を知ってなお、あのメモリを持っていないことにしている僕に、そんなことを心配する資格なんかない。

　全部わかっていて、それでも僕は腹が立って仕方がなかった。誰かに腹を立てるなんて、久しくないことだった。たかだか一度、約束をすっぽかされたくらい、許してやればいいのに、彼女相手にはそれができなかった。——だから、こう言った。

「今週の土曜日は？」

　飯山が顔を上げ、ぽかんとした。僕は飯山らしからぬ察しの悪さに、またいらいらとしながら続けた。

「今週の土曜日。空いているの、空いていないの」

「……あいてる」

「じゃあ、同じ場所、同じ時間で。今度は忘れないでよ」

　飯山はまだぽかんとしている。

「僕は先週、映画を観損ねた。だから今週また観にいく。観たいと言ったのは飯山さんなんだから、君には僕に付き合う義務がある」

　自分でもなにをえらそうに、と思ったが、一応の筋は通っているはずだった。言いだしっぺは彼女なのだ。この胸のもやもやの分、穴埋めを要求するくらいは構うまい。

　彼女はしばらく呆《ほう》けたように立ち尽くしていたが、やがて糸が切れたようにこくこくとうなずくと、ふらふら自分の席へ戻っていった。片柳たちがこっちをちらちら見ている。僕はそれを無視して、教科書を開いた。

昼休みに旧視聴覚室へ行った。今日は、さすがの飯山も来ないだろうと思ったからだ。東棟の端っこにあるこの場所は、昼休みの喧騒からもっとも遠い場所にあり、その静寂はやはり捨てがたい。新しい場所を探すと言いつつ、僕はこの場所に固執していた。

弁当箱を開くと、プチトマトが端っこで赤く存在を主張していてげんなりした。しかも今日は二個だ。彩りなのか、栄養なのか、たぶんどっちもだろうなと思いつつ、一つ目は早々に片づけることにしてつまみ上げる。

口の中でぶちゅっと潰れ、果汁が溢れ出すグロテスクな様をできるだけ想像しないようにしながら、奥歯ですりつぶすようにトマトを噛んでいると、廊下を近づいてくる足音が聞こえた。反射的に咀嚼《そしゃく》をやめて耳を澄ませる。足音は旧視聴覚室の前を通り過ぎ、階段を上っていったようだった。安堵すると同時に、何かに落胆した自分が確かにいた。

僕はどうしてしまったのだろう。

今日はイヤホンをしていない。音楽を聴いていない。忘れたわけじゃない。ポケットに、ちゃんと入っている。なのに僕はそれを聴かずに、さっきからずっと耳を澄ませている。いつもシャットアウトしているはずの、校内の喧騒に。自分の咀嚼の音すらも、気遣うように小さくして。

飯山が来ることを期待しているとでもいうのか。

朝のことを思い出すと、今度は自分自身に腹が立った。僕は自ら彼女に関わるような真似《まね》をしている。馬鹿か。なにもできないくせに、感情の赴くままに彼女に怒りをぶつけ、あまつさえ乱暴に週末呼びつけた——そんな僕を、彼女はどう思ったのだろう。だめだ。どんなに意識を逸らそうとしても、僕はどうしても彼女が気にかかり、気に障り、意識せずにはいられない。そんな自分に僕はまた苛立ちを覚える。

あんなもの、拾わなければよかった。

あの日、この場所で彼女に会わなければよかった。

それまで平穏だった僕の日常は、ひび割れてしまった。それは今なお広がり続けていて、僕の心にさらに大きく亀裂を入れようとしている。元々入っているひびをなぞるように、着実に割れ目を広げている。

今日の空は晴れだった。青く澄んだ七月の空はまぶしすぎて、さっさと雨が降ればいいのにと思う。

＊

その週、飯山は僕に話しかけてこなかった。都合のいい〝オープンスクール係の打ち合わせ〟は発生せず、僕は再び平穏に戻りつつある旧視聴覚室を独占していたが、相変わらずイヤホンをつけることはしていなかった。僕らの間には、明らかに溝があった。それは本来、あるべき溝だ。僕と彼女は人種が違う。住む世界が違う。だが、僕らは今週、約束をしている。一緒に映画を観にいく約束をしている。

冷静になってみると、月曜日の自分の怒りは子供染みているなと思った。飯山にしてみれば、本当にただ忘れてしまっただけなのかもしれない。彼女が僕のことを知らないように、僕も実のところそんなに彼女のことを知らない。僕のように滅多に休日出かけない人間と、飯山のようにしょっちゅう出かける理由があり、出かける相手がいる人間を、同じ尺度で測ってはいけないのだ。用事が多ければ、それだけ忘れやすくなるのは自然なことだと思う。

木曜日になんとなく引け目の方が強くなってきて、自分から話しかけるべきなのかと金曜日の朝あたりに悩みはじめ、そんな自分にまた苛立ちが募った。放っておけばいいのに、関わらない方がいいのに、関わっていないとそれはそれで落ち着かない自分の偽善者っぷりに心底嫌気が差す。

昼休みにほとんど無意識に旧視聴覚室へ向かうと、その日、僕は今週初めてイヤホンをつけてお昼を食べた。少し気を紛らわせたかったのだ。だから最初、扉をノックするその音に気づかなかった。

こんこんこん、と小さく音がした気がした。

僕はイヤホンを耳から抜いた。するともう一度小さく、こんこん、と音がした。

「はい」

反射的に返事をしてしまってから口を押さえた。なにを答えているんだ、僕は。

扉がゆっくり開いた。立っていたのは、飯山だった。今日もカーディガンを着ていない。夏だから、暑いから、という理由ではない気がした。白いカーディガンを着ていない彼女は、何かを主張している気がした。それはたぶん、きっと、おそらく、僕に対して。

「……入ってもいい？」

僕には彼女を追い出す権利はない。この場所は僕の私有地ではないのだ。だから僕は、ただうなずいた。

飯山は借りてきた猫みたいに静かに入ってくると、僕から二つ離れた席に座って、机の上に自分の弁当を置いた。それからちらちらと僕の方を見たが、なにやら言い出そうとしては口をつぐんでいる。僕はため息をついた。

……それは本当にため息だったろうか。安堵の吐息ではなかっただろうか。

「あのさ……月曜日はちょっと言い過ぎた。ごめん」

僕がそう切り出すと、飯山がぱっと顔を上げた。

「違う！　あれは私が悪いの。本当に、本当にごめんなさい」

深々と頭を下げられて、ポニーテールまでもが萎《しお》れるように垂れ下がった。そこまでされると、さすがに居心地が悪い。

「いや、僕もちょっと、おかしかった。あんなに怒るようなことじゃ、なかった」

「ううん。三時間も待たされたら、怒って当然だよ。しかも、その後もなんの連絡もなしで」

「いや、僕、携帯持ってないからどっちにしろ連絡はできなかったと思う。お互いどうしようもなかったよ」

「違う。私……私、そうなる可能性あるの、自分でわかってたのに。なのに自分の連絡先教えなかった。完全に私のミスです。ごめんなさい」

なにを言っても謝られてしまいそうなので、僕は必死に話を謝罪から逸らそうと頭を働かせる。

「飯山さんって……その、忘れっぽいの？」

微妙に言いづらそうにした僕の言葉をどう解釈したのか、飯山も眉を八の字にした。

「忘れっぽいっていうか……ウン、まあ、そのような感じなのです」

「意外だな。しっかり……してそうなのに」

「そんなことないよ」

飯山の声は小さかった。

僕が思っている以上に、気にしているようだった。それはひょっとすると僕が必要以上に怒ったせいなのかもしれなくて、胸がちくちくと痛んだ。そんな気持ちが、その言葉を口にさせた。

「……明日のことだけど、別に気が乗らないなら」

途端に飯山が弾《はじ》かれたようにがばっと顔を上げた。

「行く！　絶対行くから！　時間通りに行くから！」

食って掛かりそうな勢いで言うので、僕は両手を上げた。

「わかった。わかったよ。待ってる」

なにを意固地になっているのか、どうも変なところ意地っ張りなんだよなと思いつつ、やっと飯山が少しだけ笑ったので僕はほっとした。

ほっとしてしまった自分に、呆れた。

＊

――〝尻尾《しっぽ》付き〟なんて冗談じゃない。俺たちは人間だ。ロボットでも、サイボーグでも、アンドロイドでもねえ。腹が減ればパンを食う、喉が渇けば水を飲む、その日々の糧を得るために働く、それが人間ってもんだ。電気で生きてるアンタらは人じゃない。俺はアンタたちを人間としては認めねえ。

――メイソン、言い過ぎだよ！　ノアたちはアタシたちを助けてくれたのに。

――うるせえ、黙ってろ！　――いいか、〝尻尾付き〟の兄ちゃん。アンタに心があるのは認める。元は人間だったのかもしれねえな。けど生き物ってのは〝生きる〟ものだ。〝生かされてる〟のは生き物じゃねえ。アンタたちは電気に生かされ、それを制御するシステムに生かされてる。それはな、生き物である人間の生き方じゃあねえんだよ。

――……そうかもしれない。それでも僕たちにとってはあの世界が故郷で、守るべき家なんだ。頼むメイソン、力を貸してくれ――。

＊

「あー、おもしろかった！」

映画館を出るなり、飯山がはしゃいだ声をあげた。

「メイソンがいいキャラしてたねえ。あの人絶対、本当はノアのこと人として認めてるよね。最後まで絶対口にしなかったけど」

「そうだね。さすが、ベテランの人気俳優だけあって演技も上手だった」

筋書きはあらすじの通り、電気が食事となった未来の世界が舞台のＳＦストーリーだった。ただ、人類全員に食事用の〝プラグ〟がついているわけではなく、そうなることを拒絶した普通の人たちもいて、彼らは自分たちこそが人類の原点《オリジン》であると主張している。〝オリジン〟はプラグ付きの人類のことを〝尻尾付き〟と呼んで軽蔑していて、そんな生き方は人間の生き方ではない、と否定しているのだ。〝オリジン〟の偏屈で頑固なメイソンと〝尻尾付き〟の若者・ノアを中心に物語は進んでいく。

「ノアがイケメンだったなー。はー、眼福であった……」

飯山は大げさにお腹《なか》をぽんぽん叩いているが、それでは眼福ではなく満腹なのではないかと思う。

「飯山さんって、ＳＦいけるクチなの？」

「んー、ＳＦっていうか、今回のは設定的に？　おもしろそうだったから」

自分のポニーテールを指差す。ノアのプラグは、ちょうどそのあたりから生えていた。

「ポニテでご飯食べるって、どんな感じなのかなあって」

「ポニテじゃない。プラグ」

「私もお昼ご飯、ポニテで食べてみようか。ねえ？」

ねえ、じゃない。どうやって食べるつもりなのか。飯山の呑気な様に、僕はどうしても胡乱《うろん》な眼差《まなざ》しを向けてしまう。そんなキャラだったたか、君は。

「お昼ご飯どうする？」

ちょうど話が逸らしやすい話題が出たので、僕は訊ねた。

「んー、ポニテで食べやすいものがいいなあ——あ、ウソウソ冗談だってば怖い顔しないでよ」

「飯山さん、僕は三時間待たされたことをまだ根に持っているからね」

わざとらしくにこりとして言うと、飯山の笑みが凍りついた。

「その節は本当に申し訳ありませんでした……」

「よろしい。じゃあ、お昼ご飯どうする？」

少し相談したが、近くのファーストフードで昼食を取ることになった。飯山が奢《おご》るなどと言い出すので、僕はもう怒ってないからやめてと言い、自分の分はきっちり自分で払った。

運よく窓際の席が二つ空いていたので向かい合わせに座る。飯山はしばらく食事には手をつけず、窓の外を流れていく人混みをぼんやり眺めていた。

「今日は雨降らないのかな」

僕は首を傾げた。

「まるで雨が降ってほしいみたいな言い方だ」

「あれ、そうかな……そうかも？」

「雨、好きなんだっけ」

僕はハンバーガーにかぶりつく。ジャンクな味からは、健康とは程遠い塩気と脂身を感じる。

「うん。私、雨は結構好きだよ。言ったことあったっけ？」

「乙一が好きな人は、雨も好きそうだと思ってる」

「ふぅん……なるほど」

「ちなみに、僕も雨は好きだ」

「それはこないだ聞きました。内村くん雨男っぽいもんね」

「僕がいるから降りそうみたいに言わないでくれる？　最初のもそういう厭味《いやみ》なのかな」

「違うってば。もう、ひねくれてるなあ」

ひねくれているわけではなく、存外に軽口を叩く気になったというだけだ。自分で思っているより、映画を楽しんだらしかった。

「天気予報が五十パーセントだったから、どっちなのかなって思っただけだよ」

と飯山が言った。僕も窓の外に目をやる。雲は多いが、どちらかといえば晴れている。青空が覗いているし、道行く人は夏らしい服装で爽やかな気候を楽しんでいる。でもよく見ると、傘を持っている人は結構多い。僕は今日、ビニール傘を持ってきていなかった。

「雨っていうかさ。水たまりが好き」

飯山がぽつりとつぶやいた。独り言なのかと思って無視していると、無視しないでよ、と睨《にら》まれた。

「水たまり？」

「そう。小さい頃から、水たまり越しに空を見下ろすの好きだった。あと雨のにおいも好きだな」

「ペトリコール」

飯山が眉根にしわを寄せた。

「……なにそれ？」

僕は肩をすくめた。

「調べてみるといいよ」

大したことじゃない。実のところ、僕もそんなに詳しいわけじゃない。

「内村くんって変な人だなあ」

「今さら？」

「自覚はあるんだ？」

「飯山さんと比べて、いろんなことが劣っているのはわかっているよ」

真面目に言ったつもりだったが、飯山は顔をしかめた。

「私のどこが、内村くんよりも優れているって言うの？」

「人付き合い全般」

「それはね、私が優れているんじゃなくて、内村くんが真面目にやろうとしないだけだよ」

「そうかな」

「そうだよ」

飯山は少し怒ったようにうなずいた。

「私は、内村くんがうらやましいよ」

今度は僕が顔をしかめる番だった。

「気を遣っているつもりなら、そういうのはいらないよ」

「こんなめんどくさい気の遣い方しないよ」

「僕の何がうらやましいの。奇《く》しくも飯山さんが言ったんだよ、僕は変な人間だって」

「変でも、うらやましいの。私は君がうらやましいの」

そのセリフは、どこかで聞いたと思ったら『ライフ・プラグ』でノアがぼやいたものだった。彼はもともとプラグでの生活に疑問を抱いていて、それで〝オリジン〟と接触することになるのだが――ノアとは真逆に〝尻尾付き〟に憧れている〝オリジン〟の少女、リリィにプラグがうらやましいと言われ、こう返す。

――僕は君がうらやましいよ。

――どうして？　アタシなんか〝オリジン〟じゃ変人扱いだよ？

――変でもうらやましいんだ。僕は君がうらやましい。

普通に食事をし、労働し、生を実感しているリリィたち〝オリジン〟の生き様に憧れを覚えるノアのつぶやきを、飯山は自分の何に重ねているのだろう。

「僕の何がうらやましいの？」

「なんだと思う？」

初めて見る表情だと思った。学校では見た覚えがない、なんとも形容しがたいが少なくとも笑顔ではないそれを、僕は風にゆらぐ水たまりのようだと思った。

僕には答えられなかった。本当にわからなかったのだ。それがわからないから、僕は駄目なのだろう。何も成長していない。

「飯山さんって、ときどきわからない」

誤魔化すようにそうぼやいた。

「謎多き女だからね」

飯山は微笑んだ。今度はどことなく、雨が降り始める前の、空のような笑みだと思った。

帰り道で、空はどんどんねずみ色に染まっていって、地元に着く頃に雨が降り出した。小雨《こさめ》だから大丈夫だろう、と思っているとみるみる大粒になり、本降りになる。僕は傘を持っていなかったし、飯山も傘を持っていなかった。駅で二人、土砂降りを前にして途方に暮れる。

「内村くん、土砂降りも好きな人？」

「いや」

「だよね。どうしよう。どっかで傘買う？」

「通り雨だと思うよ。止むまで待てば買わずに済む」

「ちょっと寒いね。どっか入ろうか？」

「待ち合わせをした喫茶店なら、屋根伝いに行けるんじゃないかな」

僕らは東口の方から出て、バスロータリーの屋根伝いに雨を避けるようにして喫茶店に向かう。

「ひゃー、すごい雨だ」

逃げ込むようにしてお店に入ると、飯山が犬のように頭を振った。ポニーテールの先から飛んだ雫《しずく》がぱちんぱちんと僕の頬を打つ。

珈琲を二つ注文して、やはり僕たちは窓際の席に座った。窓ガラスの外側を、天の川ならぬ雨の川《あまのがわ》が垂直に流れていくのをぼんやり眺めながら、なにをしゃべるともなしに珈琲を啜った。

静かな時間だった。僕は隣にいるのに隣にいない少女のことをぼんやり考えていた。USBメモリの中にいる、どこかで見たような死にたがりの少女のことを。

「内村くんは、雨のどこが好きなの」

飯山が言った。今日、僕たちはなんだか、雨の話ばかりしている。

「雨の音って、ホワイトノイズなんだ」

「ホワイトノイズ？」

「簡単に言うと、聞いていると集中力が上がったり、睡眠の質が上がったりすると言われている音」

本当の理屈はよく知らない。ただ、確かに雨音は心地いい。僕の理屈では、単純に他の音がしなくなるから気持ちが落ち着くのだと思う。雨は他の音を吸い込んで、雨粒の中に閉じ込めては、地面に当たって弾ける音に紛れ込ませてそっと逃がす。

周波数を光に喩えた時、白色になる音のことをホワイトノイズと呼ぶのだそうだ。

雨は確かに、白っぽい感じがする。色々なものを洗い流して、リセットしてくれる。

ごちゃごちゃな色に染まった感情を、白色からやり直させてくれる。

「昔、とても嫌なことがあったときに、雨が降ったんだ。ずっと小雨が続いていた。

僕はそれを、飽きもせずずっと眺めていた。止んだときに少しだけ、気持ちがすっとした」

雨が止んだとき、雲間から太陽が差したその一瞬、雨の雫に濡《ぬ》れた世界が一斉に日差しを反射して、白い光の町が現れた。窓の外に、その風景が広がったのは本当にその一瞬だった。あとはいつもと同じ、なんの変哲もない晴れの一日だった。だけど僕は、その瞬間の風景をよく覚えている。

少ししゃべり過ぎたな、と思いながら僕は誤魔化すように珈琲を啜った。

「とても嫌なことって？」と、飯山。

僕は肩をすくめる。飯山には言いたくなかった。

「とても嫌なことさ」

「プチトマト何個分くらい？」

僕は飯山の顔をまじまじと見てしまった。その発想はいったいどこから出た。しかし興味深くもあり、僕は真剣に考えてみた。

「……そうだな。プチトマト千個分くらいかな」

「おお、それはやばいね」

全然愉快な話じゃないはずなのに、そう言って笑った飯山に釣られ、僕も少し笑う。

飯山は慰めてくれたのかもしれなかった。深くは追及せず、安い気休めを口にするでもなく、僕の苦い記憶をプチトマトの個数に喩えた彼女の思考回路は、ひょっとすると——いや。

「なるほどね。ちょっと内村くんのことわかった気がする」

「そう？」

「うん。やっぱり、透明な感じがするよ、内村くんは」

「雨は白いって話をしたつもりだったんだけど」

「そうだね。でも、内村くん自身は白というよりは透明だよ」

飯山は知ったふうな顔をして微笑んだ。そういう飯山自身は、今日も白いカーディガンを着ていた。

「飯山さんは休日でも白いカーディガンなんだね」

「ん？　ああ。白はセルフカラーみたいなものなので」

「無所属の証《あかし》？」

「なにそれ」

飯山がつまらない冗談でも聞いたみたいにケタケタ笑うので、僕は眉をひそめた。

「飯山さんが言ったんじゃないか。自分のこと。無所属って」

「そうだっけ？」

「また忘れたの？」

「また？」

僕は飯山をまじまじと見た。

飯山はきょとんとしている。冗談を言っているふうではなかった。

「……いや。なんでもない」

「そう？」

飯山が小さく首を傾げたが、その目がわずかに濁ったのを僕は確かに見た。

なんだろう。

今、たぶん、何かの核心に触れた。

「あ、雨止んだよ」

飯山が視線を上げる。

通り雨が止んで、わずかに晴れ間が覗いていた。頭上ではものすごい速さで雲が流れている。またすぐに降り始めそうな気もしたが、少しだけ青空が顔を覗かせた。

「今がチャンスかな？」

「だね。行こう」

僕たちは残った珈琲を胃に流し込んで席を立った。

外に出た瞬間、雨の雫に濡れた町が少しだけ光を反射して、白っぽく輝いて見えた。先に出た飯山の白いカーディガンも、日差しを受けて白く輝く。まだ少し湿ったポニーテールも、薄く光を纏《まと》って見える。

「今日はありがとう」

そのポニーテールが振り向いて、微笑んだ。

「いや、別に。一緒に観ただけだし」

僕はポケットに両手を突っ込む。

「それが大事なんじゃない。映画は感想言う相手がいないとね。一人でゆっくり噛みしめるのも好きだけど」

「同感だね」

「後半にしか同感してなさそうだなあ」

飯山は苦笑いをしながら、「また何か観ようよ」と言った。

また。

君は死のうとしてるんじゃないのか。自殺しようと考えてるんじゃないのか。それなのに「また」なんて。別にもう一回映画館に行く可能性がないわけでもないが、僕の感覚では映画を観にいくのなんて、一ヶ月に一度くらいで十分だ。一ヶ月後に生きているかわからない相手の言う「また」はとても空虚だ。ある意味残酷ですらある。

僕がそれを言う資格は、まったくもってないけれど。

やはり自分が安全に死ねるように、僕のことを見張っていたいだけなのか。秘密を知っている僕が邪魔をしたりしないように、目の届くところに置いておきたいだけなのか。

それとも僕がメモリを持っていることには本当に気づいていなくて――いや、それはあり得ない。メモリがなければ、彼女が僕に関わろうとする理由なんて彼女が言っていた通り「オープンスクール係」くらいしかなくなってしまう。だけど委員会や部活動のような強固なコミュニティに比べたら、そんなものは無いも同然だ。まだ帰宅部としての親近感の方が強いくらいだし、やはり飯山直佳にはメモリ以外に僕に関わる動機がない。ない、はずだ。

「またね」

水たまりを踏んで駆けていく飯山の後ろ姿を、僕は睨むように長いこと見つめていた。

＊

遺書

これは遺言です。

私は死にます。自殺します。

生きることに、疲れました。

というより、今まで私は生きていたのでしょうか。

わからなくなりました。ずっとわからないのです。自分が生きている今日が本当に今日なのか、覚えている昨日は本当に昨日なのか、待っている明日は本当に明日なのか、ずっとズレを感じるのです。

もう疲れました。

誰のせいということもありません。私はただ、一人ぼっちで、勝手に自分自身に絶望して、死にます。父のせいでも、母のせいでも、友だちのせいでもありません。私のせいです。すべて、私の責任です。

死後のことは両親と先生に任せます。先立つ不幸をお許しください。


何度読み返しても、そこには明確な自死の意志が綴られている。

僕はパソコンの電源を落とし、メモリを引き抜いて机の上に置いた。

メモリの中の彼女は、やはりどうしようもなく死にたがっているように見える。

僕はそんな彼女をメモリの外側から眺めては、メモリの外側の彼女のことを思い出す。

飯山は、死ぬのだろうか。

……死ぬのだろうな。

そこは確信があった。人相には詳しくないが、彼女には死相が出ていると思う。

生きることは確かに疲れる。僕も苦手だ。生きるということは、疲れる。僕はそれをよく知っている。

だがおそらく、メモリの中の彼女が言いたいのは、そんなことではないのだろう。

そんな、ありきたりな疲労ではないのだろう。僕は自分がそれをわかってやれないことを知っている。人が人を理解するのは難しい。痛みを知るのは、もっと難しい。僕はそれが、とても苦手だ。

飯山直佳は、僕ではない誰かと関わるべきなのだろう。他人ではなく、偽善者でもない、本当に誰かを救えるヒーローのような善人と。

だから、これは返すべきなのだと思った。

何を今さら当たり前のことを、と思う。僕はそれを最初から知っていて、自分の都合で返さなかった。今度はそれを、自分の都合で返したいと思っている。どこまでも最低な理由で。

だが、僕は彼女に関わってしまった。

たった二週間程度、それでもどうしようもなく、関わってしまったのだ。

彼女がどんなふうに笑うのか、彼女がなにを好きなのか、学校では見せない表情、彼女とかわす会話の心地よさ――。

これ以上、関わりたくない。

関わってはいけない。

そもそも僕は、彼女と関わりたくなくてメモリを拾わなかったことにしたのだ。だが、彼女が僕がメモリを持っていることに気づいていて、それで僕に関わってくるのなら、むしろ逆効果だ。

僕は飯山直佳に関わるべき人間ではない。それだけは徹頭徹尾、絶対に揺らいではいけない。すでに散々、揺らいでしまっているそれを、ここらで締め直さなければならない。

*

夏休みまで秒読みとなった週明け、僕はメモリをポケットに忍ばせて登校した。飯山は普通に学校に来ていた。僕を見かけると「やっほー」などと呑気に挨拶してくる。僕は軽く頭を下げるに留《とど》めた。

ちょうど関東ではその日、梅雨明けが宣言されていた。からっと晴れた空は紛れもなく夏の日のそれで、僕はうんざりした気持ちで入道雲を見上げる。雲は頭上にあるからいいのだ。遠くにあっても、なんの意味もない。

午前中の授業の合間にはきっかけがつかめず、昼休みになった。今日は片柳たちと昼を食べるらしい飯山は自分の席に座っていて、本人に返すにしても、机にそっと置いておくにしても、片柳たちが邪魔だ。

僕は旧視聴覚室へ行き、一人で昼を食べた。慣れているはずの静寂も、平穏も、いつもより少しだけ重たい右ポケットのせいで妙に落ち着かなかった。

結局放課後まで機会はやってこなかった。掃除から戻ってくると教室に飯山はおらず、僕は彼女の机の中に一度メモリを置いて手を放したが、すぐにそれをポケットに戻した。飯山の席には鞄がかけられていた。なんとなく、どこにいるのかわかる気がした。

教室を出て、東棟の端っこを目指す。空き教室でパート練習をしている吹奏楽部や、教室に居残り談笑している生徒たちを横目に、人気のない校舎の隅へ。中央階段の前を通り過ぎて薄暗い廊下を突っ切ると、放課後にはすっかり日陰になってしまう東棟の端に旧視聴覚室が見えてくる。ここまで来てしまうと誰かとすれ違うことは滅多になく、古い建物特有の不気味さも募り、さっさと用事を済ませてしまいたい一心もあって僕は早足になりかけた。

——二の足を踏んだのは、直感だったという他ない。

仄暗《ほのぐら》い廊下の奥、旧視聴覚室の扉が薄く開いていた。その隙間から、妙な音がする。

僕は耳を澄ませる。

がちゃん、がちゃんと、机や椅子がぶつかり合うような音。それから、誰かの声。苦しそうな——喘《あえ》ぎ声《ごえ》。

幽霊教室という通り名を思い出して、一瞬背中に悪寒が走った。ばかばかしい。幽霊が音を立てるものか。誰かが教室にいるのだ。近づいていくと、それは結構な騒音で、どうやら中で誰かが派手に暴れ回っているらしかった。

飯山がここにいると直感したが、気のせいだったか。中にいるのが誰にしろ、放課後の幽霊教室で暴れ回るような輩《やから》となど関わり合いにならないに限る。

そう思いつつも若干の好奇心と、一抹の不安があって、僕は扉の隙間に目をあてがった。そしてそれを——激しく後悔した。

中にいたのは、飯山だった。

床に四《よ》つん這《ば》いになって、激しくえずいている。旧視聴覚室からは酸っぱいにおいが漏れ出ていて、彼女が何度も嘔吐《おうと》を繰り返していることを物語っている。髪はほどけていて、乱れた栗色の毛髪の向こうに真っ青な顔が見えた。ほとんど白目を剝《む》いている。椅子の角に摑《つか》まっていた手が滑り、勢いでひっくり返った椅子が床に倒れて騒音を立てた。飯山の周囲には、同じ末路を辿《たど》ったらしい机や椅子が散乱している。

僕はたまらず目を背けた。

関わるな。

そう本能が告げている。彼女の様子は明らかに普通じゃない。良識とか良心とか、そんなものは二の次だ。そうでなくても僕は飯山に関わるべき人間ではないのだ。もういい加減、偽善者ぶるのはやめて他人に戻れ――そう、本能が告げるのを確かに聞きながら、けれど僕の手は教室の扉を開け放っていた。

「飯山！」

呼び捨てながら教室に駆け込んだ。酸っぱいにおいが一段と濃さを増し、閉めきられた室内に満ちる異様な臭気が鼻を突いた。が、それ以上に凄惨なのは飯山の様相だ。白いカーディガンは吐物に塗《まみ》れ、髪の毛は千々に乱れ、僕を見上げる目は朦朧《もうろう》としている。

僕は、彼女の足下に見覚えのあるものが落ちているのを見つけた。中身を出した後の、ＰＴＰシート。白い錠剤もいくつか転がっている。それが劇薬でないことを祈りながら、僕は慎重に飯山と目を合わせた。

「飯山さん、大丈夫？」

荒い息をする飯山の目が、ぼんやりと僕を見据えた。焦点が合ってない。

「……だれ？」

第一声がそれだった。

ぞっとした。嫌なことを思い出したときの感覚によく似ていた。

僕のことがわからない？　混乱しているのか、それとも見えていないのか。

「内村だよ。同じクラスの、内村秀」

「うちむら？」

掠れた声が繰り返した。僕は身震いする。

どうやら忘れられていることも相当なショックだったが、それ以上に飯山の様子が尋常ではない。誰？　はこっちの台詞《せりふ》だ。目の前の彼女は、いったい誰だ。飯山直佳？　メモリの中の少女？　まるで僕の知る彼女でないことに身の毛がよだった。普通じゃない。だめだ。僕の手には負えない。

「飯山さん、保健室行こう」

そう言って彼女の腕を摑んだ瞬間、ものすごい力で抵抗された。振り払った勢いで、彼女の爪が僕の腕を血がにじむほど強くひっかき、振り回された腕がそのまま近くの椅子を突き飛ばして派手に音を立てた。

まるで、本当に幽霊にでも憑《と》りつかれているかのような様子だった。

僕はもう一度伸ばしかけていた手を弱々しく引っ込める。自分よりも小柄で、いつも笑っている姿しか見たことがなくて、二人で映画を観にいった少女が、怖かったのだ。こんなのは知らない。彼女がこんなになるなんて、聞いてない。今すぐ立ち去りたかった。なにも見なかったことにしたかった。もう二度とこの教室には近寄らない。幽霊は本当にいた。これからは心霊番組も、霊感も馬鹿にしない。だから――だから、どうか今だけは。

彼女から、離れてくれ。

――祈りなど、通じないことを僕は知っている。だからそれは、たまたま、彼女の中で何かが切れた瞬間だったのだろう。

僕を睨んでいた飯山がぱちくり、と瞬《まばた》きをした。

まだ朦朧とした目だったが、僕はそこにきちんと彼女の意思を見た。焦点が合っていた。

「……内村くん？」

飯山の唇から、ぽつりと自分の名前がこぼれ出て、僕はその場にへたり込んだ。反対に、飯山は弾かれたように立ち上がった。周囲を見渡し、自分の有様《ありさま》を見て、最後にもう一度僕を見て、目を見開いた。

「私、なにかした⁉」

ほとんど胸倉を摑むような勢いでシャツを引っ張られ、僕は弱々しく彼女の肩を押し返した。

「大丈夫。大丈夫だから。なにもされてない」

「うそ……うそっ。私、そんな……？」

「飯山さん、落ち着いて。大丈夫。僕はなにもされてない」

「あ……の、私、私」

「大丈夫だって。大丈夫」

腕の傷を隠しながら、僕はひたすら大丈夫を繰り返す。

それしか言えなかった。なにも大丈夫じゃないことは、飯山もわかっていただろう。僕だってわかっている。それでもその言葉を繰り返すしかなかった。ここで起きたことを、そういうことにするために。僕は飯山がうなずくまで大丈夫だと言い続ける他なかった。

飯山はなかなかうなずかなかった。落ち着くまで、かなり時間がかかった。僕はもう、彼女は笑わないのではないかとさえ思い、そのことに恐怖した。

三つある掃除用具入れから干からびた雑巾とバケツを見つけ、僕たちは旧視聴覚室を掃除した。長らく掃除されていなかった床には大量の埃《ほこり》が積もっていて、吐物を拭こうとすると必然、大量の埃がついてきた。飯山は自分がやると言い張った。誰だって自分の吐いたものを人に拭かせたくはないだろうし、年頃の少女ならなおさらかもしれない。それでも雑巾は二枚あったし、僕は掃除が割と好きだった。だから渋る飯山をなだめるようにして、一緒に床を拭いた。

それから飯山はカーディガンを脱ぎ、スカートやソックスの汚れを拭いて、顔を洗った。僕は机や椅子を元に戻して、洗った雑巾を干した。日が当たっていないので当分乾かないだろうが、どうせ次に使うかどうかもわからない。

最後の椅子を元に戻すとき、床に落ちていた錠剤を一つ見つけた。掃除のときに全部捨てたかと思ったが、ずいぶん遠くまで転がってきたものがあったらしい。拾い上げてじっと観察する。妙なにおいはしない。普通に丸い、白い、ただの薬のように見える。

「なにしてるの？」

飯山が戻ってきたので、僕は錠剤を彼女に見せた。

「君は、病気なの？」

僕はその瞬間、彼女に対して大きく踏み込んだ。

関わらないと決めたはずの少女に、なぜまた近づこうとしているのだろう。わからなかった。

初めて飯山がこの場所に現れたとき、彼女の登場は矛盾していると感じた。

違う。

今、この空間で矛盾しているのは、僕だ。

僕はとても矛盾している。それでも。

「飯山さん。答えて」

僕は彼女の目をまっすぐに見た。

人の目を見るのは苦手だ。飯山が相手でなくても。

それでも僕は、彼女の目ならまっすぐに見られた。

「……なにが?」

飯山は色々考えた末に誤魔化そうとしたのだろう、また作り笑いを浮かべようとして——できなかった。引きつった口角がどうしても上がらずに、それはどう見ても何かをこらえている顔にしか見えなかった。

僕が黙って目を合わせていると、やがて力が抜けたように吐息をついた。

「……知ってどうするの」

僕はさっきの光景を思い返す。どうするのだろう。どうにもできなかった。僕にはどうにも。だから僕たちは無理矢理、さっきのは大丈夫だったということにしたのだ。だけど、それでも、何もなかったことにはできない。

「何もなかったことには、できないよ」

知らなかったことにしてきた僕がそれを言うのか、と胸中で苦笑いが漏れる。

「いいじゃない。なにもなかったことにしちゃえば」

飯山にしては語気の強い、乱暴な口調だった。それが素なのかどうかさえ、もう僕にはわからない。わからないけれど。

「僕は、知らなくちゃいけないと思う」

「どうして。なんのために？　内村くんは、私のことなんか興味ないんじゃなかったの？」

「そんなこと言った？」

「いつも態度に出てるよ」

ああ、そうだ。

僕は彼女に興味がないふりをして——そのくせ都合のいいときばかり興味津々に、彼女の秘密をすでに一つ暴いてしまっている。

だからこそ、僕にはすべてを知る義務があるのだと思う。彼女の自殺を止められるなんて、今も思っていない。僕は自分にそんなことができるなんて自惚《うぬぼ》れは持っていない。だが、それでも僕には義務がある。彼女に対して、そうしなければならない義務がある。

だって、僕はどうしようもなく、飯山直佳に関わっている。

だからポケットに手を入れて、それを彼女に見せた。

白く光る小さなUSBメモリ。

彼女の遺書。自殺の記憶。

飯山は驚かなかった。

その上で「やっぱり」とも「知ってた」とも言わなかった。

ただ、淡く微笑んだ。木漏れ日にすら溶けてしまいそうな、小さな氷の欠片《かけら》のような薄い笑みだった。

私、脳が壊れているの——と、彼女は言った。

「昔のことが思い出せないの」

「記憶喪失？」

思い出せない彼女にそれを聞いても、記憶喪失なのかどうかもわからないか――と思ったが、飯山ははっきりと首を横に振った。

「ちょっと違う。基本的にはずっと思い出せないわけじゃないの。ときどき思い出せないの」

ぱっと思いついた病名が一つあった。高齢者に多い病気で高校生の罹患例《りかんれい》を少なくとも僕は知らないが、あり得るとしたら……。

「アルツハイマー？」

飯山は力なく微笑んで頭を振った。

「アルツハイマー型の認知症は覚えられない症状。でも私は、思い出せないの。記憶自体はできてて、〝書き込み〟にはなんの問題もないんだけど、覚えたはずのことを思い出す〝読み込み〟の機能があまりよくないんだ」

人間の脳で記憶をつかさどっていると言われる部位は二箇所あり、それぞれ海馬と大脳皮質と呼ばれている。海馬の方は一般に短期記憶と呼ばれる、一時的な記憶が保存される領域だ。直近の記憶はそこに保存されるが、海馬は容量が小さいので、古い記憶は日々次々に入ってくる新しい記憶に追い出されて消えてしまう。だが、記憶が海馬から大脳皮質へ移動すると、大脳皮質は容量が大きいため追い出されることがなく、結果的に長期的に保存されると言われている。

記憶を保存する海馬や大脳皮質は言ってみればコンピューターのデータそのもので、思い出す際にはどこに何の記憶が入っているのか、脳による検索が行われる。それがうまくいかないと、思い出せない、という現象が起こる。海馬にも大脳皮質にもすでに記憶がない、となると、それは忘れている、ということになる。そもそも書き込めていないと当然データは存在せず、いわゆるアルツハイマーの症状がこれに当たる。

「発作がね。起きるの」

飯山が小さくつぶやいた。

「私も詳しいことは怖いから聞いてないんだけど、脳内で悪さをする物質がいて、そいつが暴れるんだって。そうすると海馬とか大脳皮質にうまくアクセスができなくなって、記憶の検索が失敗するの。取ってこれる記憶もあるし、間違って取ってきちゃう記憶とかもたまにあるし……でも大半は、そもそも取ってこれなくて思い出せないみたい」

思い当たる節が、いくつかあった。

黒板に書かれた自分の名前を、消さなかったこと。

映画の約束を、綺麗さっぱりすっぽかしたこと。

白いカーディガンにまつわる話を、二度忘れていたこと。

そして僕のことが、わからなかった先刻。

でも——それだけじゃない。

「基本的にはずっと思い出せないわけじゃない……ってことは、例外的にずっと思い出せない記憶もある？」

「鋭いね。そう、たまに発作の後も思い出せない記憶がある。発作と何かショックの大きい出来事が重なったりすると起こるみたい。記憶が消えてしまっているのか、それとも思い出せないほどに脳の深いところにしまいこんでしまっているのか、医者もよくわからないって言ってた。まあ、ほとんど記憶喪失みたいなものだね」

私ね、昔も自殺しようとしたことがあるみたいなの、と飯山は独りごちるように言った。

他人事のように言った。

とても平坦《へいたん》に。まるで天気の話でもするかのように。

そうして、左足のソックスを下げて見せた。そこには生々しい傷跡があった。歪《いびつ》に凸凹とした皮膚と、縫合の痕《あと》。完治はしているのだろうが、一生消えることもないのだろう。

「目が覚めたら病院で、手術も全部終わってた」

実際、他人事なのだろう。彼女はそのことを、思い出せないと言ったのだから。

「それは……脳の障害に苦悩して？」

「わからない。あの頃のことは何も思い出せないの。あの頃の学校生活、関わった人たち、自分の気持ち、全部、思い出せない。私は自殺に失敗して、足と頭が重症だったの。足は治ったけど、脳には障害が残った。そう考えると障害の方が後だから、違うとは思う」

僕は黙って聞いていた。飯山は思い出したように、話を戻した。

「――映画のときは本当にごめんね。約束はきちんとメモに取って、家のドアとかにも貼ってるから忘れてても待ち合わせ場所には行くんだけど、あの日は家出てから発作が起きちゃって。約束があることは覚えてたんだけど、待ち合わせ場所の記憶がうまく引っ張り出せなかったみたい」

違う場所で私も待ちぼうけして、来ない！　ってすごい怒ってたんだ、ばかみたいでしょ――飯山は目元を赤くしながら自嘲する。

「自分じゃ思い出せてないことわからないし、間違ったこと思い出してても気づかないから、発作が起きても自覚がないんだよね。発作がおさまった後に気づいて、あーってなる」

僕は素朴に疑問だった。そんな状態なのに、なぜ彼女は普通に学校へ来ているのだろう。

「学校来るの、怖くないの？」

「怖いよ。実際怖いから、一年の一学期は丸々休んじゃったし」

飯山は言った。笑いながら。

「わかんないんだもん。自分が覚えてることが本当に正しいのかどうか。一歩間違えたら人間関係壊れちゃう。だからなるべく、そういうドジが許されるキャラでいようと思って。あとは、踏み込み過ぎないようにしたり……」

無所属。彼女は自分のことをそう評した。人間関係。部活動や委員会といったコミュニティ。関わることはしても、深入りはしない。それを主張するための白いカーディガン。カーディガン組に所属しているようで、彼女は色とりどり派手な片柳たちとは、いつも少し違っていた。輪の中にいるのに、どこか遠巻きにしているようで、なんとなく異質だった。

なんでもそつなくこなして、いつも笑顔で、真面目で、人好きのする飯山。たまに忘れてしまったり、失敗をしてしまっても、よほどのことでなければ許されるのは、彼女の人徳だ。日頃の行いがよければ、確かに多少のことには目を瞑《つぶ》れる。僕だって教室での彼女はとてもできた人間だと思っているし、思っていた。僕だって

「無理して行かなくていいって思うけど、まあ、短い人生だから貴重な青春くらい味わっとこうと思って」

飯山はわざとらしくおどけた。

「別に寿命が縮むわけじゃないんでしょ……？」

僕は訊ねたが、なんとなく答えはわかっているような気がした。

「だんだん発作の周期が短くなってくるんだって。もうすでに結構頻繁みたいだし、成人する頃には、常に発作状態になるって医者には言われてる。海馬と大脳皮質が、完全に死ぬだろうって。他にも脳のあちこちが壊れていくだろうって」

僕は言葉を失った。

僕らは誰しも、いつか必ず来る死を待っている。

それが遠い未来に、穏やかに訪れることを望んでいる。

僕だって、いつか穏やかに訪れる死をゆっくりと待っている。その静かな死が訪れるまでの長い時間をどう過ごすか、生きるとはそういうことだ。

だが、彼女はそうじゃない。

彼女の未来は確定している。たとえ百歳まで生きようとも、彼女の頭の中は数年後に闇に閉ざされ、その先の人生で光を見ることは二度とない。そして彼女はすでに、その暗い無記憶の世界に片足を突っ込んでいる。なにも思い出すことができなければ、なにも覚えることができないのと同じだ。彼女は今日より数年後、自分がただ無意味な入力を繰り返すだけの人形と化すことを知っている。

それはどんなにか――絶望的な未来だろう。

僕は、どんな顔で飯山の目を見ればいいのかわからなかった。

「……どうにも、ならないの？」

「薬はあるよ。発作を抑えるの。悪さをする物質を、強制的に抑え込む」

飯山がポーチから取り出してみせたのは、例の白い錠剤だった。

「まあ、どんどん耐性ついちゃって飲む量増えるし、副作用がひどい上に味もひどくてだいっきらいだけど、これのおかげでだいぶまともに青春送れたよ」

「副作用って……さっきみたいな？」

「さっきのは発作も起きてたから、どっちのせいだか自分でもよくわかんないけどね。脳に悪さをされるってことは、身体《からだ》にも影響が出るってことだから、吐いちゃったりするのは単純に生理反応なのかもしれないし、副作用なのかもしれない。まあどっちにせよ、たまにああいう悲惨なことにもなるわけです。私の秘密はこんなとこかな。もう全部話したよ」

「……まだある」

僕は何かを先延ばしにするように、縋《すが》りつくように、乾いた声を絞り出した。

「なんかあったっけ？」

「なんであんなたくさんＵＳＢ持ってたの」

「ああ……あれね」

飯山は教室の隅を指差した。

「内村くん知ってる？　あのパソコン動くんだよ」

僕は飯山の指差した方を見た。旧視聴覚室にある、古いデスクトップ型のパソコンだ。オーディオが動くのは知っていたが、パソコンを試したことはなかった。

「あのＵＳＢにはね、色々データが入ってるの。忘れちゃだめなこと。クラスで誰が友だちで、誰と話したことがなくて、誰と誰が付き合ってて、誰と誰がどの部活で、誰と誰が仲が悪くて……そういうの、全部。覚えとくために大事っていうのはもちろんだけど、半分くらいは趣味だったかなあ。データまとめたりするの好きでさ。ＵＳＢ一つ一つにその人の記憶が入ってるみたいで」

容量もったいないんだけど、なんか混ぜるのは嫌なんだよね、と飯山は笑った。

「最初は紙に書いてたんだけど人間関係って更新激しいからさ。データの方が管理は楽。すごく大事なことはやっぱり紙のメモで持ち歩くようにしてるけど、全部は書きされないから、たまに休み時間とかにここに来て、あのパソコンでデータ確認して、記憶と間違ってるところがないか確認する。発作はある程度周期的だから予想もつくんだけど、これで間違ってたら発作が起きてるってほぼ確信できるから、薬飲むの。前はパソコンルーム使ってたんだけど、薬飲むときは結局人のいないところに移動しなきゃだから……ここ最近は便利だなって思ってこの教室使ってたんだ。昼休みに使うことはなかったから、内村くんとはなかなかバッティングしなかったみたいだね。これで全部？」

「まだ……」

僕は探す。そうだ、あれのこと。

「七月のテロメアって何」

メモリの中の、鍵のついたあのフォルダには、確かにそう名前がついていた。

テロメアとは、染色体の先端にあるキャップのような構造体のことだ。はっきりしたことはわかっていないそうだが、このテロメアは若い人は長く、老齢の者ほど短い。

テロメアが限界まで短くなると、その細胞はもう細胞分裂できない。それは細胞としての死だ。テロメアの長さは寿命を示していると言われている。

七月の寿命。それは、どんな意図でつけられた名前なのか。

「わかんない。あれも、一回目の自殺に関係あるみたいなんだけど、私パスワードが思い出せないから。なんか音階に関係あったような記憶がうっすらあるんだけどね」

飯山はあっけらかんと答えた。

「他には何か?」

僕は探す。必死に探す。

何か、結論を先延ばしにする方法。

この状況を打開する方法を思いつくまで、時間を稼げる方法。

……ない。

思いつかない。

言葉を見つけられない僕が手のひらに載せたままのメモリを、飯山が細い人差し指でゆっくりなぞった。

「これね。内村くんが持ってるのはわかってた」

確証はなかったけど、と付け加えながら、彼女はそれを手に取ろうとはしなかった。

「返しにこないってことは、中身も見たんだろうなあって。うーん、どうしようかなって色々考えながらとりあえず話しかけてみたら、内村くん、存外平然と話してくれるからびっくりしちゃった」

オープンスクール係になった日の放課後……あの日の僕はただ気づかれないように、ばれないように、平静を装っただけだ。飯山に深く関わらないために、ただそれだけのために、表面的な付き合いを取り繕った。平然となんか、していなかった。

「ひとまず様子を見よう、って思って君に近づいてみた。メモリを見られた以上、誰かに漏らしたり、私を説得してきたりするんじゃないかって思って。だから隙があれば取り返そうとも思ってたし、逆に弱みを握ってやろうとか、思ったりして」

ああ。それは納得できる理由だ。合理的で、論理的で、効率的だ。そこで話が終わってくれた方が、個人的には気が楽だ。

けれど飯山の言葉はまだ、途切れていない。

「でもね――私、あれを自分で持ってないと気楽なことに気づいちゃったの」

飯山の声が、少しだけ弾んだ気がした。

「あんな小さいメモリなのに、持ってるとずしりと重たくて。自分で作って、自分で持ち歩いてるくせに、本当は持ってたくないの。でも私は、それを自分が持っているしかないことを知ってる。こんな重たいもの、中身を知った上で持ってくれる人なんて、いるわけないんだから」

でも内村くんは、ずっとそれを持っててくれた。

誰にも言わないでくれた。

捨ててないのもわかってたよ。

内村くんが、捨てない人なのはすぐわかった。大嫌いなプチトマトさえ、絶対残さず食べる君だもの。変に律儀だから、絶対捨ててないって、確信できた。

「内村くんがこれを持っててくれてる間、私は死のうかどうか真剣に悩んだよ」

僕は思わず顔を上げた。

飯山は微笑んでいた。作り笑いではないと思った。

「君が透明だって言ったのはね、そういうところ。白色の私は、本当は何色にもすぐ染まってしまうけど。透明な君は、本当に何色にも染まらないの。そういうところが、綺麗だなあって思ったの」

わからない。

僕にはわからない。

飯山がなにを言っているのか、全然、理解できない。

僕は何一つ、自らの意志で、飯山のためになることなんて、していなかったのに。それを勝手に感心されても、楽だと言われても、僕には全然——全然、釈然としない。

「でも君は私のもう一つの秘密を知ってしまった。だからもう、おしまい。やっぱり私は、無所属の白色でい続けるしかないみたい」

「飯山さん、僕は……」

僕は——なんだ。

飯山は少しだけ、僕の言いかけた言葉を待っていた。だからひょっとしたら、そのとき僕は何かを変えられたのかもしれない。

けれど僕は結局、正しい言葉を見つけられなかった。飯山は僕の手からメモリをひょいっと取り上げた。

「色々ありがとね」

笑って——最後まで笑ったまま、飯山は僕の前から去った。いつかのように。

＊

翌日から、飯山は僕に話しかけてこなくなった。もともと僕らの関係はほんの数週間前まで、ろくに口もきかないクラスメイト同士だった。彼女は光の中に戻っただけで、僕は再びクラスの影に沈んだだけだ。

けれど飯山が元に戻ったように見えるのは見せかけだ。彼女は本当は光の中になんかいない。片柳たちと談笑する彼女の笑顔が作り物であることを知っているのは、クラスで僕と彼女自身だけだ。それはとても寂しく、とても虚《むな》しい事実だった。

もうすぐ夏休みがくる。

夏が明ければ秋がくる。

秋がくれば冬がきて、その先には春と、次の夏がめぐっていく。

そうして季節はめぐる。どうしようもなく過ぎていく時間の中で、人はいつか死ぬ。

飯山直佳もいつか死ぬ。

それらは、どれも等しく、どうしようもなく訪れる未来。人間は、いつか必ず死ぬ。

だが、彼女の脳に関しては、等しい未来ではない。それは彼女にだけ訪れる、悪辣な未来だ。

僕は魔法使いじゃない。医者でもない。僕には彼女の脳の障害はどうしようもない。本当の医者が彼女の終わりを告げたのだから、僕なんかがどうにかできるはずもない。

なのにどうして、僕は考えているのだろう。

自分が何かできないか、彼女に何かをしてやれないか、考えているのだろう。きっと彼女の症状には、もっとずっと力があって、立派で、立場のある人たちがたくさん関わったはずだ。そうでなくても彼女には親がいて、友だちがいて、僕なんかよりずっと彼女の力になれるはずの人が、たくさんいる。それなのに今さら、僕ごときが彼女にいったいなにをしてやれるというのだろう。

ない。

できることなんて、なにもない。

かつての僕と、同じように。どうしようもなく、なにもできない。

僕は、今日も真面目に授業を受けている飯山の方を見る。受けてもきっと意味のない数学の授業。覚えても思い出せないかもしれない公式。それでも彼女は今日も真剣に板書をノートに写し取っている。

彼女は僕に関わることをしなくなった。彼女と関わらないことは、僕の望みだった。僕は当初の目的を達した。これで飯山直佳が死んでも、僕はもう、なんのしこりも残すことなく彼女を見送れる——。

僕は自分のノートを見下ろす。

——ばかじゃないのか。

そう書いてあった。

その通りだと思った。

その日の夜、夢を見た。とてもありきたりで、馬鹿みたいな夢だ。

二十歳《はたち》になった飯山を見た。

成人式で会うのだ。夢の中で彼女は、きちんと記憶を思い出すことができていた。高校の頃の僕のこともちゃんと覚えていて、「懐かしいね」と笑う。振袖姿の彼女は大人になっていて、綺麗で、僕は素っ気なく「忘れたよ」などと言いながら目を逸らす。だけど僕は本当はすべてを覚えていて、彼女もそうだったことが嬉しいのだ。

夢の世界では、脳の障害なんてまるでなかったことになっていた。飯山はむしろ、いろんなことを完璧《かんぺき》に思い出せるみたいだった。僕がすっかり忘れていた些細なことや、変なこともいちいち思い出しては指摘して、僕を困らせる。おもしろくない僕がふて腐れた顔をすると、なぜか嬉しそうに笑っていた。

目が覚めて、夢だったと気づいて、僕は寝返りを打った。しばらくそのままじっと目を閉じて、意識が落ちるのを待ったが、頭は冴《さ》えてしまったようだ。さっきの夢のことを考えては、現実を思い出してしまう。

僕はため息をついて身を起こした。

時計の針は深夜二時を指していた。七月二十日。一学期最後の日。カーテンを開けると、少し雨が降っていた。糸のように細い雨が次々と窓に当たっては弾け、その水滴が繋がって川のように硝子《がらす》の上を流れていく。

窓を開けると涼しい風が吹き込んでくる。体がひんやりとして、ずいぶんと寝汗をかいていたことに気がついた。内容はいい夢でも、見方によってはあれは悪夢だったかもしれない。

――関わらなきゃいいじゃないか。

と頭の中で誰かが言った。

――そう望んでいたんだろ？　元に戻るだけさ。平穏で、孤独な、静かな日々に。

「戻れないんだよ」

僕はつぶやいた。戻れないから、苦しんでいる。顔に雨の雫が当たった。頬を伝って、顎の先から小さくこぼれた。

このまま避けられ続けて、そのまま夏休みになって、二学期に再び学校へきたとき、そこに飯山がいるかどうかはわからない。彼女はこの夏に死んでしまうかもしれない。

誰かに関わるのは、泥沼に足を踏み入れるようなものだ。一度でも足をとられたら、もう抜け出せない。一度関わったことで繋がった糸は、相手が死んだって消えることはない。相手がいなくなって、糸が切れても、僕は切れた糸の先端を見つめるたびにその相手のことを思い出してしまう。死んでしまった相手がどう思っているかは、わからないけれど。

僕は飯山直佳とは糸が繋がっていないと思っていた。だからメモリを返して、糸が繋がる前に彼女と関わることを辞めようと思った。だが、旧視聴覚室での一件で、僕はそれが間違いだと思い知らされた。僕と彼女を結んでいるのは降りしきる雨のように、細く、弱い糸で、切ろうと思えば振り切れるのかもしれない。だが、それでも糸が消えることはない。それはもう二度と、決して、消えることのないものだとわかった。僕は、彼女を一生忘れることはできない。

内村秀という人間は冷酷で、どこまでも自分勝手で、慈悲の欠片もない。

僕は、自分になにもできないことをどうしようもなく知っている。

だけど、それでも僕は――。

＊

七月二十日。終業式があった。一学期の終わり。夏休みの始まり。解放感に沸く教室の中で、飯山も楽しそうに夏休みの予定を話し合っていた。

片柳たちカーディガン組の中にいる彼女の腕を、僕はむんずと掴んだ。片柳たちもびっくりした顔をしたが、飯山の顔はそれ以上でちょっと傑作だった。

「飯山さん、幽霊教室へ行こう」

飯山は目を白黒させた。

「どうして?」

「オープンスクール係の打ち合わせをするんだよ」

僕はにこやかに言った。飯山は絶句した。

僕は速やかに飯山を旧視聴覚室へ連行した。飯山が抵抗らしい抵抗をしなかったのは、自分がかつて同じ手法で僕を連行したことを少しは引け目に思っていたからかもしれない。僕にやり返す機会を与えてくれてよかった。そうでもなければ、今日飯山を片柳たちから引き離すことはできなかったかもしれない。

「……私、この後約束あるんだけど」

「すぐ済むよ」

僕は短く言った。それから飯山に例の自殺メモリを貸してくれないか、と言った。

怪訝《けげん》そうにしながらも彼女が鞄を漁って差し出したそれを、僕は受け取り――そのまま自分のポケットにおさめた。飯山は眉をひそめ、問うように僕を見た。

「中身はまだ消してないんでしょう?」

飯山は黙ってうなずく。

「一つだけ謝っておく。僕はこれを、君に返すつもりもない」

飯山の胡乱げな表情に、困惑の色が混じった。

飯山は馬鹿じゃない。

これから僕が言う言葉の意味が、わかるはずだ。

「これは僕がずっと持っていようと思う」

飯山が一瞬きょとんとして、それから目を見開き、僕をまじまじと見た。穴が空くほどに。僕の頭蓋を突きぬけて、その脳の中身でも覗くかのように。

あの日、飯山は言った。

――私、あれを自分で持ってないと気楽なことに気づいちゃったの。

あのメモリを持つということの意味を、僕は昨日一晩考えた。眠れない頭で、雨の音を聴きながらゆっくり考えた。

――あんな小さいメモリなのに、持ってるとずしりと重たくて。自分で作って、自分で持ち歩いてるくせに、本当は持ってたくないの。でも私は、それを自分が持っているしかないことを知ってる。こんな重たいもの、中身を知った上で持ってくれる人なんて、いるわけないんだから。

重たい、というのは比喩ではない。実際、あのメモリの中身を知るということはそれだけの重荷を背負い込むのに等しい。大概の人間はそれを背負いきれない。だから誰かに話すか、飯山本人を止めようとしてしまう。

――でも内村くんは、ずっとそれを持っててくれた。

――誰にも言わないでくれた。

僕がそうしたのは、ただ単に僕の都合に過ぎない。だけど飯山にとって、それが都合がよく、心地がよかったというのなら、それはきっと僕たちが似ているからだ。

――捨ててないのもわかってたよ。

――内村くんが、捨てない人なのはすぐわかった。大嫌いなプチトマトさえ、絶対残さず食べる君だもの。変に律儀だから、絶対捨ててないって、確信できた。

飯山が僕のことを勝手に想像して、確信して、そのほとんどが間違っていなかったのは、僕たちが似ているからだ。あるいは、似ていることをわかっているからだ。お互いのことを話さなくても、交わした言葉や時間が短くとも、僕たちはお互いのことをある程度わかっている。

たぶん僕たちの間の糸は、最初に会ったときからそこにあり、一度も切れることなくそこにあり続けていた。雨のように細く、透明な糸が。

それを認めたとき、自殺する彼女になにもできないと思っていた自分にも、できることがあると気がついた。

——内村くんがこれを持っててくれてる間、私は死のうかどうか真剣に悩んだよ。

「そう言ったのは君だ。だから、僕がこれを持っている限り、君は死のうかどうか真剣に悩み続けるべきだ」

死のうかどうか真剣に悩むということ。

それはつまり、生きるかどうか真剣に悩むということ。

もっといえば、命に向き合うということ。

飯山直佳は、命に対して投げやりだ。いずれ塗りつぶされる未来に絶望して、あらゆる可能性を捨てようとしている。

その可能性の中に、もともと病気が治るという奇跡は含まれていないだろうし、僕だってそんなことができるとは思っていない。

僕はとても身勝手な人間だ。だからこれも、全部僕の我儘《わがまま》だ。

「僕は君が死ぬのが嫌だ。とても嫌なんだ」

結局は、そういうことだ。

僕は、飯山が死ぬのが嫌だ。

飯山直佳に、死んでほしくない。

そんなこと、最初からずっと、当然、当たり前だ。僕は彼女に死んでほしくなどなかった。だけど僕は、自分が彼女の死を止められるとは思わなかった。自分になにもできないのをよく知っているから。深く関わってなお、彼女が自殺してしまったとき、残された自分はどれほど惨めで悲痛な気持ちになるだろう――それが嫌で、ただそれだけのために、僕は彼女と深く関わることを拒絶した。たとえ彼女が死んでも、他人でいれば、自分は傷つかずに済むから、と。

だけど、僕は他人ではいられなかった。僕は飯山直佳に関わってしまった。きっと僕はどうしようもない偽善者なのだろう。阿呆《あほう》なのだろう。馬鹿なのだろう。それでも他人ではいられなかった。だから僕は、偽善者になることにした。

実際、偽善者には、おあつらえ向きだろう。

飯山のために、僕はこのメモリを持ち続ける。彼女が口にした言葉を人質に、僕は僕がメモリを持ち続ける限り、彼女が命と向き合い続けることを彼女に強いる。

彼女の命を、縛りつける。それはとてもとても、偽善的なやり方だ。

「……ずるいよ、そんなやり方は」

飯山が下唇を噛んだ。

「私のだよ。返してよ」

「嫌だ」

「泥棒」

「なんとでも言えばいい」

「先生に言いつけるよ。内村くんが私のもの盗《と》ったって」

「そうしたら僕は、この中身を先生に言いつける」

「人質ってわけ」

「お互いにね」

飯山が僕を睨んだ。

「内村くんは、そんなキャラじゃないと思ってたのに」

「悪いね。誰かさんのせいで、僕はとっくにキャラじゃないことをたくさんやらされてるんだ」

「私のせい？　違うよ。君はもともと意地悪でおせっかいだ」

「自分勝手で我儘なのは知っている。僕は最初から、君に対してフェアじゃなかった。でもそれはお互い様だろう？」

「私が脳のことを秘密にしていたから？　そんなこと言ったら、私と君は元々フェアじゃない。内村くんは健康だけど、私は壊れてるの。何も、何一つ、平等なんかじゃない」

「そうだ。僕たちは平等じゃない。だからこそその不平等を、分け合うべきなんだ」

「分け合う？　私の苦しみを肩代わりしてくれるとでも言うの？　そんなことできないでしょ。馬鹿なこと言わないで」

「確かにその障害を背負うことはできない。だけど飯山さんと同じ条件を自分に課すことはできる」

「条件……？」

飯山は首をひねった。

「簡単なことだよ」

僕は微笑んで言った。

「飯山直佳。君が死ぬときは、僕も死ぬ」

飯山が絶句した。今日二度目だ。

「その代わり、それが嫌なら君は生き続けろ。僕との心中以外で自殺することは許さない」

僕は自分の命を担保に、彼女の命を買うと言っているつもりはない。そんなものは、契約として成立していない。僕は彼女が生き続けることで、なにがしかの利益が生じることを保証していない。彼女が生きることは、苦痛でしかないことを理解している。彼女が生き続けることは、彼女自身にとって不利益だ。だが、彼女が生きることは僕にとって利益になる。だからこれは、単純に脅しだ。僕は僕のために、僕の命を人質に取り、彼女を脅している。

「怖いよ。目がマジだよ、内村くん」

飯山がぽつりと言った。

「マジだからね」

「内村くんって、馬鹿だったの？」

「心外だな。僕はとても頭のいい人間だよ」

「自分で言うか。すごく馬鹿なこと言ってる自覚は？」

「ないこともない。でも僕は賢いと同時にとても自分勝手な人間なんだ。自分が嫌なことは絶対に我慢がならない。だからそれを防ぐためなら、手段は選ばない」

「やっぱり馬鹿だよ、君は」

飯山が笑っていいのかどうかわからない、という顔で笑った。

「私のこと、そんなに好きなの？」

「言っておくけれど、恋愛感情はないよ」

「はっきり言わないでよ。それはそれで傷つく」

「飯山さんだって、別に僕のことが好きなわけじゃないでしょう」

「まあ、タイプじゃないね。顔は悪くないと思うけど」

「はっきり言わないでよ。傷つく」

「傷ついてなさそうな顔で言わないでよ。笑っちゃう」

「笑えばいい。飯山さんは、へらへら笑ってる方が似合う」

「馬鹿にしてるでしょ」

「褒めてるよ」

「ばか。ばーか」

飯山は泣いていた。笑えと言ったのに。

僕はたぶん、おかしいのだろう。とても間違ったことを言っているのだろう。本当に頭のいい人なら、もっと上手く飯山のことを言い含めて思いとどまらせることができるのだろう。飯山を泣かせることなく、笑わせることができるのだろう。

僕は馬鹿だ。本当は知っている。それでも馬鹿は馬鹿なりに、自分にできることを考えたのだ。これが僕の、精いっぱいだ。誰かのためになにもできない僕の、それでも何かをしようと足掻《あが》いた、精いっぱいなのだ。

「一個だけ、聞かせて」

飯山が蚊の鳴くような声で言った。

「私が死ぬの、どれくらい嫌？」

「すごく嫌だよ」

これでもかなり頑張って言ったつもりだったが、飯山は満足しなかった。

「プチトマト的には？」

僕はいつぞやの飯山との会話を思い出して、渋い顔をした。

——とても嫌なことって？

——とても嫌なことさ。

——プチトマト何個分くらい？

「……千個」

僕は飯山の目を見て答えた。

「飯山さんが死ぬのは、プチトマト千個分くらい、嫌だよ」

彼女には、それで伝わる。

僕にとってのプチトマト千個が示す意味を、この世界で彼女だけが知っている。

飯山はなにも言わずに微笑んだ。

なんとなく、それはいつも通りの彼女の笑みのようでありつつ、どこがとは言えないがいつも通りでないような気もした。

窓の外で、雨が降り始めていた。細い糸のような、僕の好きな小雨だった。

「……メモリ、失《な》くさないでよ」

飯山がぽつりと言った。独り言のようだったが、僕はしっかりそれを聞き届けた。

「大丈夫。ちゃんと持ってる」

飯山が、ゆっくりとうなずいた。

3

夏休みに入って、飯山が旅行に行きたいと言い出した。

「私、学校行事でどこか行ったことないんだよ」

と彼女は言った。

僕らは駅前の喫茶店で相変わらず窓際に陣取り、ブラックの珈琲を砂糖もミルクも入れずちまちま啜りながらかれこれ二時間近く居座っていた。店側からすればさぞかし鬱陶《うっとう》しい客だろうと思い、僕は空になったカップを睨んで二杯目を頼むかどうか考えながら答える。

「発作が怖いから？」

学校側は飯山の事情を知っているが、飯山の頼みで生徒には内緒にしているらしい。確かにその状況で、修学旅行などで自由行動などをさせるのは学校側としては容認しがたいだろうし、本人も怖いだろう。そういえば、確かに僕は彼女を外出系の学校行事で見かけた覚えがない。

「うん。途中で記憶飛んじゃったら、私なにしでかすかわかんないもん。だから友だちと旅行とかも行ったことなくて」

「友だちでいいじゃないか。片柳さんと二人旅」

「やだよ。そしたら事情話さなきゃじゃない」

「友だちなのに秘密話さないんだ」

「それは言わない約束でしょーが」

飯山は僕の頭に軽くチョップを食らわせる。

「片柳さんとかに、事情を話す気はないの？」

「あると思うの？」

「まあ、僕だったら話さないな」

「そういうこと。カーディガン組は、内村くんとは違うタイプの友人なの」

飯山は平然と言う。計算高いタイプだということは知っているが、やはり彼女の人間関係は緻密に計算されているようだった。

「――で、旅行の話。どっか行きたいところある？」

飯山が話を戻したので、僕は目を眇《すが》めた。

「行くのは確定なんだ？」

「確定です。もし一緒に来てくれなかったら旅先で自殺しちゃうかも」

「それは困るな。じゃあ行こう。どこでもいいよ」

「どっか提案してくれないと自殺しちゃうかも」

「ねえ、それ免罪符みたいに振りかざすのやめてくれる？」

飯山はニヤリとした。こういうところが、微妙に性格が悪い。僕も人のことは言えないが。

「飯山さんこそ、行きたいところないの？　旅行行ったことないのは君なんだから、君が行きたいところへ行けばいい」

「んー、行き先は正直どこでもいいんだ。友だちと旅行、っていうイベントが重要だから」

「雰囲気を体験したいわけね。じゃあ飛行機に乗りたいとか、新幹線がいいとか」

「飛行機！　乗ってみたい！」

飯山が小学生みたいに目を輝かせたので僕は苦笑した。

「飛行機ならまあまあ遠出になりそうだね。僕が暑いの苦手だから、北の方にしようか……」

僕はいくつかの県を候補に思い浮かべた。各地の名所から、飯山が好きそうなものを連想する。

「八ヶ岳《やつがたけ》とか」

「ほうほう」

「軽井沢《かるいざわ》とか」

「ふむふむ」

「……白神山地《しらかみさんち》、とか」

「お。よさげなチョイスだけど、そこを選ぶ理由ってなに？」

飯山が首を傾げるので、僕は説明した。

「白神山地はブナの原生林で、ブナっていう樹《き》は水を大量に蓄えることで知られてるんだ。幹に耳をくっつけると、水を吸い上げる音が聞こえるらしい」

ピンときたらしい、飯山の目が輝いた。

「なんか、雨の音がしそうだね」

「うん。僕もそう思う」

雨が好きな僕たちは、たぶんブナの樹を好きになるだろうと思う。たとえその音を聴くことができなくても、雨の水をたっぷり吸い上げて育つブナの原生林は、きっと雨の中に似ている。

「じゃあ、白神山地にしよう。内村くん、お金ある？」

「まあまあ。普段使わないからね」

「私も。じゃあ旅費は心配なし、と。豪遊できるね」

飯山がニヤリとした。

「いつがいい？　一応訊いておくけど基本暇な内村くんは、なんか予定ある？」

「一言も二言も余計だよ。まあ、いつでもいいけど」

「んーと、私の予定がね……」

話が長くなりそうだな、と思った僕は手を上げて飯山を一度遮り、自分の空のカップを持って立ち上がった。

「二杯目頼んでくる。君は？」

「じゃあ、カフェラテ」

「ホットでいい？」

「んー、アイスがいいな」

飯山は窓の外を見て言った。日差しが強くなっている。朝は曇っていたが、夏らしい一日になりそうだった。

「了解」

僕もアイスコーヒーにするかな、と思いながら席を立って、カウンターに向かった。

＊

友だちと旅行に行く、と言ったら、母がおばけでも見たような顔をした。

「あんた、最近よく出かけると思ってたけど……友だちって、高校の子？」

「ん、クラスメイト」

「……そう。いい子なの？」

「どうかな。ちょっと僕に似てる」

「どういう意味？」

「上っ面の付き合いが得意な感じ」

「ああ……」

納得する母は、僕が高校でどういう生活を送っているのか、だいたいは把握しているのだと思う。僕は学校でのことを母にほぼ話さないし、母も訊かない。だが、親子だ。子が子なら、親は親だ。母も大概、僕に似ているので、言わなくてもだいたいのことは察してしまうらしい。

とはいえさすがに、その友だちが飯山直佳《おんなのこ》だとは思っていないだろうなと思う。僕も飯山も、年頃の男女が二人きりで旅行するということが、世間的にどういう目で見られるのかくらいは承知している。

「変な子じゃないならいいけど……気をつけなさいよ」

「もう高校生だよ。大丈夫だよ」

「そういう意味じゃなくて。あんた、一回散々嫌な思いしたで」

母が言いかけた言葉を遮るために、僕はやや強い声を出した。

「大丈夫だよ」

「……そう。ならいいけど、とにかく気をつけるのよ。あんた、男としてはどうも頼りないんだから」

どうも相手が女子ということも見破られていそうだった。母はそれきり何も言わなかったが、部屋へ行くとき、背中に母の視線を感じたのはたぶん気のせいではない。

母は僕のことを知っている。とてもよく知っているからこそ、あまり深く干渉しないでくれるが、やはり未だに心配をかけているのだと思うと、胸の奥で何かが軋《きし》んだ。

＊

七月の終わり。秋田《あきた》駅からリゾートしらかみに乗って海岸線を列車旅することにした。秋田空港まで飛行機で移動することになる。白神山地周辺を歩くつもりだったので、僕も飯山も軽装だった。一泊二日の予定なので、着替えもそこまで必要ない。その日、飯山は珍しくポニーテールではなく、白いカーディガンでもなかった。そういえば夏休みに入ってから、飯山のその格好は見ていない気がする。長いことポニーテールと白色を見慣れてしまったせいか、微妙に違和感がある。

羽田《はねだ》空港から秋田空港まで、飛行機でおよそ一時間。東京《とうきょう》の天気は晴れ。秋田空港も、予報では晴れのはずだった。僕たちは羽田空港で待ち合わせた後、九時五十分発の飛行機に乗った。

「楽しみだなあ」

飛行機に乗る前から落ち着きのなかった飯山は、文字通り修学旅行中の中学生みたいにそわそわしている。

「飛行機ってたぶん生まれて初めて。どんな感じなんだろ」

離陸前の滑走と、離陸の瞬間こそちょっとしたショックだが、飛んでしまえばほぼ揺れない、静かで安全な乗り物なので、経験者の僕に大した感慨はない。結局、離陸するときは飯山もそんなに騒ぎはしなかった。

「あのね。あらかじめ言っとくけど、私が変だと思ったらこれ飲ませてね」

シートベルトのマークが消えたあたりで、飯山が僕に何かを手渡してきた。

例の、白い錠剤だった。

「これは私と旅行する上でのルールです。家族で旅行するときも必ず持ってもらってる。大丈夫、適当にお茶とかに盛ってくれればいいから」

「盛るって……」

僕は躊躇《ためら》ったが、飯山は押しつけるようにしてそれを僕の手に握らせた。

「お願い。事情を知ってる人にしか頼めないから」

飯山の手は微《かす》かに震えていた。「わかった」と言って、僕はそれをUSBと同じポケットにしまい込んだ。

空の旅は平穏だった。飯山は僕の昔の話を聞きたがり、僕は飯山の昔の話を訊いた。僕は自分が昔、ハーモニカを吹いていたことなどを暴露し、飯山は自分が飛行機がどう飛んでいると思っていたかを暴露した。

「えー、内村くんハーモニカ吹けるの？」

「まあ、ちょっとだけ」

母の趣味に付き合わされて、一時期吹いていたことがある。ピアノを弾くよりは好きだが、最近ではめっきりご無沙汰だ。

「聴きたいなあ」

「じゃあ、いつか機会があったら」

おそらく、そんな機会は絶対にこないだろうが。持っているハーモニカは壊れていて、ある音が出ないのだ。

「私ね、小さい頃からずっと不思議だったの。飛行機ってどうやって空を飛んでるんだろうって」

「どうやって飛んでると思っていたの」

「羽ばたいてると思ってた。飛行機、空でめっちゃ羽ばたいてるって」

無骨な鉄の塊である飛行機が、その固い両翼を必死に羽ばたかせる様を想像して僕は可笑しくなった。その発想はとても彼女らしいと思った。

「飯山さんらしいな。今はちゃんとどうやって飛んでるのかわかってるの？」

「だいたいわかってますぅ。ヨウリョクとスイリョクでしょ。内村くんは？　小さい頃どんな子供だったの」

「重力と抗力が足りないな。まあそれはさておき――」

僕は昔を思い返す。久しくしていなかったことだった。

「――階段が好きだった。近所の階段という階段を上ったり、下りたりしていた」

「階段？」

「そう。坂道とか、カーブも好きだったな」

「またひねくれた理由がありそうだなあ」

僕は苦笑する。別に、変な理由じゃない。むしろかわいい方だと思う。

「階段とか、坂道とか、カーブって、見えないものが見えたり、見えるものが見えなかったりするんだ」

「なに、怖い話？」

「いや、物理的な話。階段を上ったら、階段の下からは見えないものが見える。階段を下ったら、上からは見えなかったものが見える。坂道もそう。カーブもそう。まっすぐな道はどこまで行っても同じ景色だけど、まっすぐじゃない道は先に何があるかわからない。わからないから、先を見たくなる」

「ああ……なるほど」

飯山は納得してくれた。

「まあ、そこまで考えてたわけじゃないけどね。ただ単純に、景色が変わるのが楽しかったんだ」

坂道を上ったら、どんな景色があるんだろう。

階段を上がったら、なにが見えるんだろう。

あの角の先に、なにがあるんだろう。

小さい頃は、そんな些細なことに心を躍らせてどこまでも歩いた。僕にもかわいい頃があったのだ。

今では、階段の先には嫌なことがあるのだと思う。思ってしまう。遠ざかる、手の届かない背中。逆さまに落ちていく細い体と、伸ばした指の先を掠めた長い髪の感触。

僕は階段を上るとき、どうしても早足になる。そのくせ顔を伏せて、上を見ないように上がる。

「過去系だね？」

飯山が目ざとく気がついた。

「……そう。昔は好きだったんだ。最近はそうでもない」

「どうして？」

僕は飯山の目を見れなかった。

「さあ。背が伸びたからかな。階段を上っても、そんなに風景が変わらなくなった」

そうじゃない。

そうじゃないが、似たようなことなのだとは思う。

高いところへ上がっても、見えるものが変わらなくなった。上から見ても、下から見ても、世界がくすんで見える。雨の日だけだった。くすんだ埃っぽい世界を洗い流して、一瞬だけ僕に世界の本当の姿を見せてくれる。だから僕は、雨が好きになった。階段を嫌いになったから、雨を好きになった。

「君は一つ、自覚した方がいいことがあるね」

飯山が神妙な声を出すので、僕は思わず彼女の顔を見た。

「なに、急に？」

「嘘をつくのが下手《へた》だよ、内村くんは」

僕はすっと飯山から目を逸らした。彼女の言ったことは当たっている。

七月の蒼穹から注ぐ日差しに滑走路が白く輝いている。

ターミナルビルの窓から臨む秋田空港は、羽田に比べるとなんだか緑が目立っていた。まっすぐに一本、二千五百メートルの長い滑走路は三千メートル化するという話が何年も前に決まったのに、今も二千五百メートルのまま東西を貫いている。青いラインの入った飛行機が空の彼方《かなた》へ吸い込まれていくのを見ていると、あの鉄の塊が飛ぶのがずいぶんと容易なことに思えてしまう。飯山は窓ガラスに張り付いたまま、ずいぶん長いこと滑走路を見つめていた。

東京は暑いが、こっちまで来るとだいぶ涼しい。外へ出ると日差しこそ夏のそれだったが、東京とは異質の澄んだ空気に肺が喜ぶのがわかった。飯山が体をぐ、っと伸ばして、猫のように小さく欠伸《あくび》をする。

「さっき、ずいぶん熱心に見てたね」

むぅ、と眠そうな目をしていた飯山が空港を振り返った。

「飛行機？　うん。空港なんて初めてきたから。羽田はなんかバタバタしちゃって見れなかったし」

「羽ばたいてなかったでしょ」

「それは知ってるっちゅーに」

ばしっ、ばしっ、と背中を叩かれる。

秋田駅まで移動して、そこからリゾートしらかみに乗る予定だった。リゾートしらかみは秋田から青森《あおもり》までを繋ぐ観光列車で、日本海と白神山地の間を海岸線沿いに走っている。青池《あおいけ》が見たかったので、途中下車して十二湖《じゅうにこ》エリアを中心に散策するつもりだった。乗る前に駅弁を買おうと言ったら、飯山がまた目をきらきらさせていた。

学校では見ない顔だな、と思いつつ僕はすっと目を逸らす。

彼女が幸せそうなときほど、僕は顔を背けたくなる。なぜか泣き顔よりも、笑顔の方が、彼女の背負った重荷を思い起こさせる。彼女の脳は音を立てて壊れていく。ひび割れていく。溶けていく。それを知っている僕は、最近ときどき泣きそうになる。

そして飯山はそういうとき、なにもかも見透かしたように笑うのだ。

生きろと言った僕が泣くのはおかしな話だ。泣きたいのは彼女の方なのに。

「内村くんはどれにするの？」

駅弁を物色する小さな背中に、これ以上何も背負わせたくなくて、僕は飯山が地面に置いていた彼女のリュックサックをさりげなく手に取った。

「有名なのはやっぱり、鳥めしなんじゃない？」

「ほう。おいしそー。あー、迷うなー」

「電車の時間あるから、迷うのほどほどにしてよ。僕は鳥めしにする」

リゾートしらかみは、そんなに本数があるわけではない。

「えー、じゃあ私は違うのにしよう」

そう言って飯山はもうしばらく悩みそうだった。僕は彼女のリュックサックを持ったまま、ふらふらと人混みを離れた。

ポケットに手を入れると、真っ白なUSBメモリと真っ白な錠剤が出てくる。

――……メモリ、失くさないでよ。

――お願い。事情を知ってる人にしか頼めないから。

あっちへこっちへと忙しい飯山を遠目に眺めながら、僕は二つの〝白〟を手の中で弄ぶ。

――秀。

びくっとして振り向いた。外国人の観光客がカメラを構えて駅弁を撮っていた。キャリーを引きずった女性が通り過ぎ、老齢の夫婦が楽しげに話しながら歩いていった。

僕はメモリと薬をポケットに戻す。飯山のリュックを胸に抱き込むようにしてしゃがみこみ、顔を埋める。

なんだかだめだ。

今日はすごく、だめだ。

そういう日がある。感情がもろい日が。

ただでさえ、飯山といるときは感情的になりがちだというのに、この旅行の間、僕たちは四六時中一緒にいる。息がつまりそうだった。僕は彼女に生きろと言ったし、彼女のためにメモリを持つことを選んだ。彼女に関わることを自分で選んだ。その重さは最初からわかっていたことだし、彼女から漂う濃密な死神の気配に今さら怖気《おじけ》づいているわけではない。

ただ、認めてしまうと感情は具現化する。

寂しさを認めると涙が出る。

怒りを認めると拳が出る。

喜びを認めると笑顔が出る。

じゃあ僕は、彼女の〝他人〟でいることができないのを認めて、それで何の感情を具現化させてしまったのだろう。この憂鬱で、息苦しくて、切なくて、やっぱり憂鬱な、胸を有刺鉄線で締め付けるような感情の名前を、僕は知らない。

「あーもう、やっぱり内村くんが持ってた。お財布ないから買えなかったじゃない！」

飯山の声がして、僕はぼんやり顔を上げた。膨れ面だった飯山が、すっと真顔に戻った。

「……どうかしたの？　変な顔」

リュックサックに埋めていた顔は、泣いてはいないはずだった。

「なんでもない」

「さっきも言ったじゃん。君は嘘が下手だって」

飯山は見透かしているらしい。彼女が言うように僕がわかりやすいのか、それとも彼女が鋭いだけか。

「……なんでもある」

「よろしい。訊かれたくないなら別に訊かないから、そこは嘘つかなくていいよ」

飯山が言って、ぽんぽん、と僕の頭を叩いた。

奇妙な感触だった。そんなこと、された覚えがない。僕は飯山に叩かれたあとをなぞるように頭を触った。飯山が笑った。

「別になんもつけてないよ」

「……やさしさ菌がついたんだよ」

自分でも何言ってるんだと思った。飯山がくすくす笑った。

「なにそのかわいい菌。私の手にはそんなものついてません」

「ついてた。なんかもぞもぞする」

「そりゃあ君の頭に住んでる虱《しらみ》だよ」

僕は憤慨した。こう見えて綺麗好きの風呂好きなのだ。

「……前言を撤回する。やさしさ菌なんてついてない」

そう言ったじゃない、とけたけた笑う飯山から、僕はまたふいと目を逸らした。

リゾートしらかみに乗って秋田駅を出発すると、すぐに車窓の外を日本海が並走し始める。そのうち右側には白神山地が見えてくるはずだ。飯山は窓際がいいと頑として譲らなかったので、僕も窓際がよかったが渋々譲った。窓に面した横並びのカウンターのようになっている車両もあるのだが、そっちはすでに席がいっぱいだったのである。展望室も子連れの家族でにぎわっていたので、僕らはおとなしく進行方向を向いた普通の指定席に座っていた。向かって左側の席なので、海がよく見えた。

「気持ちいいー！」

飯山ははしゃいでいる。生憎《あいにく》と窓は開かないが、確かに潮風が心地よさそうだった。

悠然と広がる日本海を眺めていると、月並みだが自分のちっぽけさを思い知らされた。

深い青だった。水色というより、海の色だと思った。

「生きてるって感じがするねー」

飯山は何気なく言ったのだろうが、僕はどきりとした。

「飯山さんは生きてるよ」

「ああ、そうだった。まだ生きてるんだった」

「まだとか言うなよ」

僕は少し尖《とが》った声を出した。

「脳が壊れなくたって、自殺しなくたって、いつかは死ぬよ」

飯山は微笑んで言った。

「まあ、そうだけど」

どうしてそこで微笑むのだろう。

「メモリは僕が持っているよ」

なんでそんなことを、主張したくなるのだろう。

「わかってるよ。なんだなんだ、心配性だな、内村くんは」

飯山はあくまで飄々《ひょうひょう》としていた。たぶん、彼女はいつも通りなのだろう。おかしいのは、僕の方なのだろう。

駅弁を食べ終わったあたりでちょうど十二湖駅につき、僕たちはバタバタとしながらリゾートしらかみにしばしの別れを告げる。バスに乗ってしばらく移動し、僕らは徒歩で白神山地に入った。

青池についたのは午後一時頃だった。たぶん、僕らはいい時間に着いた。

「青いね」

「青いね」

その名の通り青いことで知られる湖だが、実際にはその水は限りなく透明に近い。透明がゆえに青以外の可視光を吸収するので、青く見えるのだとも言われているが、はっきりした理由はわかっていないそうだ。

しかし、どちらかというと僕たちが目を奪われたのは、その水の透明度だった。

「綺麗」

湖底が透けて見えるほどに澄んだ、青いけれど透明度の高い、ラピスラズリのような群青に。

「限りなく透明に近いブルー」

なんとなく思い浮かんだフレーズが口を突いて出た。

「……村上春樹だっけ？」と、飯山。

「残念。村上龍《むらかみりゅう》です」

作家・村上龍のデビュー作だ。その日本文学史上でも屈指の名タイトルに似つかわしくない、生々しい人間模様で知られる超有名文学。

「内村くんみたいだね」

と飯山が言ったのは、別に小説の内容を指してのことではないだろう。

「そっか。透明って、こういう色なのかもね」

青というよりは、紺碧《こんぺき》に近い湖。それを映す飯山の目も、どこか青みがかって見えた。七月の蒼穹よりもなお深い、碧色《あおいろ》の瞳。

「内村くんは、青い感じもするよ」

――秀は青い感じがするね。

今日は、やけに昔のことをよく思い出す。僕は青いだろうか。それとも透明なのだろうか。どちらでもないと自分では思う。僕はもっと、濁った色をしている。こんな湖みたいな、幻想的な色はしていない。

「そうかな」

僕は否定するようにつぶやいた。

「そうだよ」

飯山は妙に自信ありげに、深くうなずいた。

それから僕たちは、ゆっくりとブナ林を歩いた。

ブナの樹林が織りなす独特の風景は、やはり樹皮の特徴にあるのだろうと思う。灰褐色の樹皮に、黒っぽい苔《こけ》がついて、特有のまだら模様を作る。そんな白っぽい幹のおかげか——葉のつき方や、葉の薄さにも関係するのだろうが——ブナ林はよく光が入って、日陰のわりに明るく感じる。注ぐ緑の木漏れ日が白い幹に光と影を落とす。華奢《きゃしゃ》なイメージのある樹だが、生命力はとても強く、ブナが生える地域には他の樹がほとんど生えないそうだ。開発の影響で伐採され、原生林が残る地域は極めて少ないが、落葉広葉樹林としては実はありきたりな姿らしかった。

「——そんなに強い樹でも、人間には勝てなかったんだね」

飯山がブナの樹を見上げてぽつりと言った。

生命力という意味では、人間はさほど強い種族ではない。むしろ、食物連鎖に組み込まれてしまえばどちらかといえば弱い部類だろう。だが、実際には日本列島には日本人が蔓延《はびこ》り、ブナは白神山地くらいしか原生林は存在していない。どことなく皮肉な現実だ。

ブナの木々の隙間に澄んだ湖をいくつか見ながら、僕たちは森を歩いた。十二湖の周辺には三十三の湖があるのだという。

「十二湖なのに？」

「十二湖なのに。なんか理由があるんだろうね」

調べればわかるのだろうが、なんとなく調べる気にはならなかった。知らなくていいような気がした。ただ今の景色を、感情を、しっかりと記憶に刻んでおけば、それでいいような気がした。

「ねえ、そういえば」

飯山が言って、近くのブナの樹を指差した。

「雨の音、するかな」

「ああ……」

そんな話だった。ブナが水を吸い上げる音。飯山は幹に耳をくっつけて、真剣な表情で目を閉じた。

「音する?」

「待って。静かに……」

飯山はブナの樹をやさしく抱く。耳を押し当てたまま、自分も木になったみたいに、じっとしている。

風が吹いて、彼女の髪をさらさらと揺らした。僕はなんとなく手を伸ばして、彼女の髪に触れた。飯山は気づかない。柔らかい感触がする。何かの、動物に触れたみたいだと思った。ふわふわとした毛並の、小さな草食動物。

「聞こえる」

飯山がぽつりと言った。

「本当に？」

僕は手を引っ込める。飯山が目を開ける。

「水の音がする」

僕は同じ樹に、飯山の反対側から耳を当てた。

風の音しかしない。鳥の声しかしない。最初はそう思ったが――何か音がする。

それは、水の音には聞こえなかった。何かの鼓動のようだと思った。樹の脈動か、あるいは飯山の言う通り、ブナの水の音か。それとも――反対側で耳をくっつけている、飯山の鼓動だったのかもしれない。

それは、雨の音には似ていなかった。

ホワイトノイズではない。

もっと力強く、それでいて刹那的《せつなてき》な、線香花火を彷彿《ほうふつ》とさせる――。

けれど不思議と、落ち着く音だった。心が凪《な》いでいく。体の中までも、風が吹き抜けていくようだった。僕たちは長いこと、蟬《せみ》の抜け殻みたいにブナの樹に引っ付いて時間を過ごした。

＊

ホテルは隣り合わせに二部屋を取り、夕食は食堂で一緒にとった。飯山は一口一口噛みしめるように食べていた。僕は疲れていたのか、彼女がたまにしゃべるのに適当に相槌《あいづち》を打ちながら、あまり味もわからず口を動かしていた。

「──それでね、真奈が言うわけだよ。『水族館戦争』は絶対読んだ方がいいって。人生損してるって」

水族館戦争というのは少女漫画のタイトルだ。人気作家の小説が原作で、僕も小説の方は読んだことがある。ハードボイルドな展開の裏で走る恋愛模様が確かに女子受けしそうな内容で、小説自体は年齢問わず広く読まれている作品だが、漫画版が少女漫画誌に掲載されるのは個人的には納得がいく。

「それでね、由美がね、小説版読んでない奴《やつ》に語る資格はないーって言い出して、二人で小説版と漫画版の大論争。私はどっちも好きだからどっちの肩も持ちたいんだけど、真奈は小説読まないからなあ。たぶん読んだら絶対好きだと思うんだけどね。まあ、同じ話だし当たり前なんだけど」

僕にはよくわからない話なのでうなずいたり、相槌を打ったりだが、飯山は気にしたふうもなくしゃべり続けている。

女の子がおしゃべりだというのは本当かもしれないなと思った。飯山はクラスでもカーディガン組と一緒にいるときはおしゃべりで、よく笑っている。一人でこれだけしゃべるのに、女子というのは徒党を組んでおしゃべりをする生き物だから、いったいどんなふうに互いのトークの間合いを測るのか、僕には想像も及ばない。さっきから話題に出ている片柳真奈も、横川由美も、僕からすれば驚くほどにおしゃべりだ。ここに飯山が加わるだけでも会話の主導権がいったい誰の手に握られるのか、その騒音は想像するだけでも頭が痛い。

水を飲み干した飯山が、グラスを眺めながらぼんやりと遠くを見る目になった。

「……なんの話してたっけ。そうそう、真奈がね。『水族館戦争』は絶対に読むべきだって話をしてて」

僕は思わず顔を上げた。

「それでね、由美がね、小説版読んでない奴に――」

――小説版読んでない奴に語る資格はない。

――真奈と由美が大論争。

――私はどっちも好き。

――真奈は小説読まないから。でも読んだら絶対好きだと思う。

――同じ内容なんだから、当たり前なんだけどね。

数分前とまったく同じことを話しているのに、飯山はまるでそれが一度目であるかのようにしゃべっていた。

僕はそれが発作であるかもしれない可能性に、少し遅れて思い至った。

ポケットに手を入れると、そこに薬の感触があった。

――大丈夫、適当にお茶とかに盛ってくれればいいから。

彼女はそう言ったが、わざわざそんな怪しいことをしなくても、発作が起きているかもしれないことを指摘すれば彼女は薬を飲むだろう。飯山が〝自分が発作を起こすかもしれない〟という自らの状態を思い出せないとしたらまずいことになるが、その可能性は低いように思う。ただ、一番難しいのは彼女も、そして僕も、それが本当に発作なのか確信が持てないことだった。あの薬は強い副作用を伴う。できることなら僕は、せっかくの旅で、しかもおいしい夕飯の途中に、彼女に苦しい思いをさせたくはない。それは飯山だってそうだろう。だが、このまま放置して発作が治まらずに、もっと重要な記憶——なぜここにいるのか、とか、同行者が誰なのか、とか、そういうことを思い出せなくなってしまったら——彼女が衝動的な行動を起こさないとも限らない。ここが地元ならまだいいが、見ず知らずの土地で、後先考えずに行動されるのは、一番避けたい。

色々なものを天秤《てんびん》にかけて、僕は飯山に薬を飲んでもらうことを選択した。あとは、切り出し方だけだった。飯山は楽しそうにしゃべり続けている。僕はそれを遮り、彼女に残酷な可能性を突きつけなければならない。飯山はきっと笑顔を取り繕って素直に薬を飲むのだろう。そして何かそれらしい口実を作ってトイレに籠もり、一人になってから吐くのかもしれない。そういう彼女の気遣いが、嫌だった。彼女にそんなふうに気を遣わせることが嫌だった。彼女がそうするだろうことがわかっているからこそ、つらかった——それでも。

「……飯山さん」

僕がポケットから取り出した薬を、飯山はやはり笑顔のまま見つめた。

「あれ。もしかしてやっちまってる？」

まったくテンションを下げずに、楽しさにか少し紅潮した顔のまま、首を傾げた。

「わからない。確信はないんだ。だけど、さっき話していたことを、まるっきりそのまま繰り返していたから。ひょっとしたら──」

「うそっ。全然わかんなかった。ごめん」

「謝ることじゃないよ。薬飲むほどなのかもわからない。でも、もし……」

僕がすべてを言い切る前に飯山は僕の手から薬をむしり取るようにして奪った。

「あ、お水ないや。ちょっと入れてきてもらってもいい？」

ぷちぷちと錠剤を押し出しながら、飯山は言った。

僕は言われるがままに、彼女のコップを持って席を立ち、お冷をもらいにいった。戻ってくると飯山は黙って手を差し出し、僕が手渡した水を口に含むとごくんと飲み干した。薬はすでに口の中に入れていたらしい。薬の量を僕に見られたくなかったのかもしれない。錠剤を取り出した後のシートも見当たらず、たぶん彼女が自分のポケットにしまったのだろうと思われた。

「はー、よりによって今かー」

飯山はテーブルの上の食事の残りを名残惜《なごりお》しそうに見つめてから、「ちょっとトイレ」と言って席を立った。「遅くなるかもしれないから、ご飯終わったら先部屋戻っていいよ。どうせ別室だし。後でそっちの部屋行くね」

ひらひらと笑顔で手を振り、彼女は食堂を後にした。僕はそんな彼女に何か言葉をかけるべきだったのかもしれない。けれど彼女の心中も、今の気分も、すべて察してしまえたからこそ、僕にはただうなずくことしかできなかった。

予告通り、飯山は三十分以上戻ってこなかった。とぼとぼ部屋に戻ると、久方ぶりに一人になった気がして、僕はぐったりとベッドに突っ伏した。

誰かといるのは気が疲れる。ましてや相手が女の子で、自殺なんてものを考えていた悪党で、壊れかけの脳を必死に抱いて生きているとなれば、僕の心労も一入《ひとしお》だ。そのうえ発作だの、薬だの……苦しんでいる自分の姿を見せまいと気遣う彼女の背中に、なにも声をかけられない自分のもどかしさ。普段なら、そんなこと気にしない。相手が飯山でなければ、どうだっていいとさえ思ったかもしれない――でも。

「なにをしているんだろう、僕は」

枕に向かってつぶやいた台詞は、そのまま枕から跳ね返ってくる。おまえはなにをしているんだ、内村秀。おかしいぞ。今日のおまえは、絶対に、おかしい。

「わかってるよ」

わかってる。枕と会話をしている時点で大概おかしい。

メモリはポケットにきちんと入っている。じゃあ、あの約束は有効のはずだ。飯山は、自殺しない。

だけど、それで飯山の脳が、治るわけでもない。

――脳が壊れなくたって、自殺しなくたって、いつかは死ぬよ。

そういうことだ。飯山が正しい。その条件は、僕にも当てはまる。すべての人間に当てはまる。今日一日、飯山はずっと正しかった。間違っているのは、きっと僕の方だ。

だけど、だとしても、あまりにも虚しい。

彼女はいつか忘れていく。すべてを思い出せなくなっていく。今日見た白く光る滑走路も、青く澄んだ夏の空も、ブナの森の水音も、透明な青池も――いつか失くしてしまう思い出の中で彼女は常に笑っている。心から、楽しそうに。だけど彼女は、いつか失くしてしまうもののために笑っていたのかと思うと、僕の胸は嫌な感じに軋んで、ねじれて、擦り切れてしまいそうになる。

――秀。

今日に限って、あの頃を思い出すのは、なぜだろう。

頭の中で、エレクトーンの音が鳴っている。埃っぽい空気。揺れるカーテン。七月の熱気。弾くときだけ髪を縛る、少女の白いうなじを汗が垂れていく。白っぽい黒板に書かれた五線譜と八分音符。丸い蛍光灯。僕の頭の中で、検索が行われている。久しく行われていなかった検索なのに、正しい結果を取ってくる。思い出せる、というのはそういうことだと、飯山が言っていた。僕は未だに思い出せる。

月崎加恋《つきさきかれん》のことを、思い出せる。

二十分くらいして、こんこん、と部屋をノックする音がした。

「はい」

僕は返事をする。鍵はかけていない。後でくると、彼女が言っていたからだ。

「やあやあ」

飯山は扉を開けると無遠慮に入ってきて、僕のベッドにやっぱり無遠慮に座った。

それからまじまじと僕の顔を見て言った。

「なんかまた、変な顔をしているね」

そういう飯山はけろりとした顔をしていたが、それでも若干顔色が青ざめているのに僕は気がついて反射的に顔をしかめる。

「そうそう。内村くんはいつもそういう難しい顔をしてる。変に力の抜けたぼーっとした顔をしてると、内村くんじゃないみたい」

「そこまで気難しい性格じゃないよ」

「自分で言うか。ちなみに、自分ではどんな性格だと思ってるの？」

「気さくで、取っつきやすくて、愛想がいい」

「寝言は寝て言いなよ」

飯山は真顔で言う。

適当にお菓子持ってきた、と言って、飯山は僕が普段口にしないようなチープなお菓子をばらばらとベッドの上に広げた。片柳たちが好きそうだなと思う。僕はあんまり、甘いものが好きじゃない。

「そう言うと思って辛いのもあるよ。ほら、じゃがりこ食べなよ」

飯山が差しだしたお菓子を僕は渋い顔で睨んだ。

「さっき夕飯食べたよね」

「甘い物は別腹でしょ」

「じゃがりこ甘くないよね」

「じゃがりこは別腹でしょ」

適当なことを言いながら、次々とお菓子の包装を破り結局全部開けてしまった。

「開けてから訊くのもなんだけど、なんで全部開けたの」

「全部開けたら全部食べなきゃってなるかなって」

「こんな高カロリーな背水の陣は見たことがない」

「時間は有限だからね」

飯山はやっぱり何気なく言ったのだろうが、その言葉選びは引っ掛かってしまった。僕は顔を上げて、小さな声で言った。

「そういうこと、言わないでほしい」

飯山が僕の方を見た。なんで？　と言っているように見えた。

「動揺するから」

「動揺？」

そうだ。僕は動揺する。彼女が自分の命を短いものとして考えているような、その言い方が気に障る。飯山の事情を知らなければ、ただ楽しい時間を大切にしたいというニュアンスにも聞けた。だけど僕は彼女の秘密を知っている。知っているから、そういうふうに聞けない。

「また、その顔」

とん、と額を突かれた。飯山の指は冷たかった。命が通っているのに、まるで氷のように冷たい。ただ冷え性なだけかもしれない。でも、彼女の脳と何か関係があるのかもしれない。僕は考えてしまう。想像してしまう。頭の中に生み出した幻影の恐怖に、怯《おび》えてしまう。そしてそういうとき、僕は月崎のことを思い出す。なにもできないくせに、関わってしまった自分を強く強く疎む。

「ねえ、内村くん」

飯山が言った。

「昔あったっていう、プチトマト千個分の嫌なこと。話してみない？」

僕は飯山の目を見た。

背中を丸めた自分が映っていた。だが、飯山の瞳に映る自分の瞳に、飯山は映っていない。そこにはとてもよく似ているが、違う少女が映っている。

「どうしても訊かれたくない？　でも私ね、内村くんは誰かに話したいんじゃないかと思うよ」

僕は少しだけ〝彼女〟の影から目を逸らし、飯山直佳を見た。

飯山の目に好奇心はなかった。

とてもシンプルに、目の前の僕を見ている目だと思った。

君に話すのは、とても皮肉だが必然かもしれないな、と思う。

「……知り合いが、屋上から飛び降りたんだ」

＊

月崎加恋は天才だった。

ピアニストだった。譜面に対する独特の解釈と、それを音に乗せる精緻かつ豊富な表現力は同世代の中でも群を抜いており、それは齢《よわい》十三にしてすでに十も二十も年上の奏者と肩を並べる域に達していた。もっとも、彼女は早熟だっただけだろうと僕は思っている。月崎は人としても、中学二年生の少女にしてはあまりに大人びていた。いっそ異常と言ってもいいくらいに、彼女は達観していた。少女というより、女だった。

複雑な家庭事情を持つ生徒だったと聞いている。噂でしか知らないのは、彼女が僕の前で家のことを語らなかったからだ。僕が知ろうとしなかった、と言った方が正しいかもしれない。聞き分けがよく、誰にもにこにこといい顔で、あまり自己主張をしない少女だった。それが貼りつけられた仮面であることに僕だけが気づいたのは、たぶん僕が同種の人間だったからだろう。

月崎加恋は虐待を受けて育ったという話だった。相手は実の父親で、母親は自らの身を守るために彼女を盾にした。当時の彼女はまだ中学生にも満たない子供で、逆らうにはあまりにも弱かった。だから彼女が抵抗よりも先に覚えたことは、とにかく父を怒らせないこと、下手に母を刺激しないこと、要は他人の機嫌を損ねないことだったのだろう。それが彼女の、薄い笑顔の正体だったと僕は思っている。

彼女にとって幸運だったのは、そのろくでなしの父親が早くに他界したということだ。殺されたという噂もあるが、真相は知らない。その頃から、彼女は元々習っていたピアノで独特の音を奏でるようになった。今となってはその悲壮感漂う強烈な表現力は、彼女の実体験からきた痛みそのものだったのだろうとわかる。

父が存命の頃はろくにピアノの練習もできなかったが、父が他界したことで表現の枷《かせ》が外れた。それまで抑圧され続けてきた行き場のない自己主張の奔流が、すべてピアノに流れ込んだ。彼女の奏でる音には感情があった。あまりにも強く、鬼気迫る、情感に満ちた演奏力。彼女は瞬く間に有名になった。

母親がそれを最大限利用しようと企んだのは、結局のところ父と同等にろくでなしだったということなのだろう。

彼女は剥き出しにされた。テレビに雑誌、コンサート、母親は彼女に殺到する仕事をすべてマネジメントし、おそらくはそのすべてを引き受けさせた。月崎に拒否権はなかった。彼女は抵抗することを覚えることなく、受け入れることだけを学んだからだ。

月崎は、あっという間に空っぽになった。演奏にミスが目立つようになった。演奏そのものから、当初の情感が消えた。母親は彼女を詰《なじ》った。父親の怨念でも憑りついたかのように、月崎に暴力を振るった。

だが、それも長くは続かなかった。おそらくは、幸運なことに。

月崎が中学に上がった年、彼女の母親が死んだ。死んだのか、殺されたのか、ともかく車に撥《は》ねられて死んだ。

彼女の父親が死んだときも、母親が死んだときも、まことしやかな噂が流れたそうだ。

虐待の報復に、月崎加恋は自らの両親を殺したのではないか、と。

僕が彼女に会ったのは、中学三年の四月だった。月崎は転校生としてうちの学校にやってきて、ちょうど僕らが進級するタイミングで三年三組に組み込まれた。

表舞台から姿を消して一年強、そもそも限定的なクラシックピアノ界隈《かいわい》でこそ名前を知られていても、一般的な世間で見ればただの十四歳の少女だ。クラスでも月崎加恋の名を知っている人間は僕以外にはいなかった。

透明な少女だと思った。色素の薄い肌、髪の毛はそれで地毛らしかったがだいぶ茶色く、瞳もどことなく色が薄い。全体的に淡く、光に透けて見えそうな、幽霊みたいな少女だと思った。話しかけられるとよく笑い、イエス・オア・ノーで訊ねられるとほぼ肯定した。否定の言葉を使わない少女だった。

彼女は僕の前の席に座っていたので、そういう様子がよく観察できた。彼女が自分と似たタイプだということを、僕はすぐに感じ取った。彼女の笑みには温度がない。あれは、上っ面の仮面だ。


それでも、中学の頃の僕はそれなりに人付き合いをする人間だった。友だちと呼べる存在もいたし、そういう相手にはたぶん素の笑顔を見せていたと思う。

ただ、僕はシンプルに、感情を解放するのが苦手な人間だった。特別に暗い過去があるわけではない。ただ、強いて言うなら親もそうだった。そういう環境で育ったので、僕は感情を上手に開放する術を知らなかった。

幼い頃、僕は母親にピアノとハーモニカを仕込まれていたが、この当時はすでにどちらとも疎遠だった。部活動にも所属していなかった。ただ、放課後には校内のある場所に決まって足を運んでいた。色々な不用品が溜まる、ほとんど倉庫みたいな教室があって、そこには古いエレクトーンが一台、置いてあった。音はきちんと出るけれど、一つだけ壊れている鍵盤があって、そこだけ音が鳴らない。たとえば、『猫ふんじゃった』を引くと、まるで不思議の国のアリスに出てくるチェシャ猫みたいな、奇妙な猫を踏んでしまったような曲になる、そんなエレクトーンだ。

僕はピアノが特別好きなわけではない。ただ、音楽は好きだった。だから月崎加恋のことも知っていたし、というか、かなり詳しかった。彼女の音は好きだった。悲壮感漂う、激情的な音を、涼しい顔で奏でる。ブームに乗っかったわけではなく、僕はシンプルに演奏者としての彼女を好いていた。要するにファンだったのだ。

僕は彼女の作った曲をいくつか知っていた。彼女には作曲のセンスもあって、出したCDにはいくつかオリジナルの楽曲があり、その内の一つに『透明』という曲がある。楽譜を見なくても弾けるほどに聴きこんだその曲を、僕はその頃、吹き溜まりの教室でよく弾いていた。

誰も来ないはずのその教室の戸をノックする音が聞こえたのは、五月のゴールデンウィーク明けのある日だった。僕は聞き間違いかと思って演奏を止めたが、そのタイミングを待ったかのようにもう一度ノックが聞こえたので「はい」と返事をした。こんな端っこの教室でも音を出していればすぐにわかる。先生に注意されるだろうか、と少し身構えたが、教室の扉を開けたのはもっと小柄な人物だった。

月崎加恋だった。彼女は僕の顔に見覚えがあることに気づいたようだった。

「あ、演奏中にごめんなさい……えっと、ここは」

「第二視聴覚室。という名の物置。別に演奏中じゃないから、謝る必要はないよ」

僕はエレクトーンから立ち上がる。月崎はゆっくり教室に入ってくると、僕の弾いていた楽器を見て少し顔をほころばせた。

「エレクトーン弾くんだね、内村くん」

「習っていたのはピアノだよ、月崎さん」

僕がそう呼ぶと、月崎は顔をこわばらせた。

「知ってるんだ」

「クラスでは僕だけだと思うよ」

「そう……そのエレクトーン、A《アー》の音が出てないね」

「壊れてるんだ」

「なのにずいぶん楽しそうに弾くんだね」

「そう？」

「音が踊ってたよ」

「……昔ハーモニカを吹いていたんだ。そのハーモニカが壊れてしまって、Aの音が出なくなった。だから最初にこのエレクトーンを見たときも、ちょっとした親近感があったのさ」

「ふーん、ハーモニカも吹けるんだ……聴きたいな」

「じゃあ、いつか機会があったら」

「『透明』、気に入ってくれたの？」

本人を前にして稚拙、かつA音をすっ飛ばしているような紛《まが》い物《もの》を聴かれたことは、さすがに気まずさと恥ずかしさがあって、僕は目を逸らしながら答えた。

「月崎さんが作った曲の中で、一番いい。一番素の月崎加恋が出ていると思う」

月崎が答えないので視線を戻すと、彼女は不思議なものを見る目で僕を見ていた。

「どうして、そう思うの？」

その質問が、どうして『透明』が一番好きなのか、という意味ではなく、僕が言った後半の言葉についてのものだということは、すぐにわかった。

「勝手な解釈だけど……月崎さんは結構、素の性格が悪い気がするから」

僕が大真面目にそう言ってのけると——月崎はぽかんとした後、それはもう教室が震えるほどの大声で笑い出した。

——あんなこと真顔で言う人、初めて見たんだもの。

後に月崎は、僕にそんなふうに言った。

「おもしろい人だね、内村くん」

「どういうところが？」

「言葉遣い、かな」

月崎は微笑んだ。それはクラスで見せている感じのいい笑みとは違って、どことなく卑屈さを秘めていたが、上っ面ではないように感じた。

「そうなの。『透明』はすごく、性格の悪い曲」

世間では『透明』は十代の少女の瞳が捉える純粋な世界を表現したものとして解釈され、受け入れられている。彼女が世間から姿を消す直前に出した唯一のＣＤに収録されたその楽曲は、軽やかなメロディーの合間に悲哀が混じり合い、それが年端もいかない少女がすでにこの世界の光の面だけではなく、暗い面をも捉えているとして大いに評価されたのだが、僕はそうは思っていない。

あれは、全体的に月崎加恋自身を表した曲なのだと思う。

　この四月に、彼女を実際に見て確信した。長調のメロディーが大半を占める『透明』だが、わずかに短調に転調する箇所がある。その箇所は、世界の陰を表してなどいない。その箇所にこそ、月崎加恋が〝居る〟と僕は感じた。他はすべて、仮面の彼女だ。どこにもいない少女を表す空虚なメロディー。あってもなくても同じ。だが、その長い、冗長でありきたりなメロディーがあるからこそ、転調箇所の旋律が際立つ。

「私ね、あの曲がウケがいいだろうことは最初からわかっていたの。どんなふうに評価されるのかも」

　月崎は僕の代わりにエレクトーンの前に座り、頼んでもいないのに『透明』を弾き始めた。僕は息を呑《の》む。それは、よくCDで聴いていた、まさしく本物だった。Aの音が出ないエレクトーンなのが残念過ぎる。ピアノで聴きたい。本物の、しっかり調律がされた、グランドピアノで聴きたいと思った。

　転調パートに差し掛かると、ぞわっと鳥肌が立つほどに音が変わる。わざと平坦に弾いていた長調パートに退屈していた聴衆を、一気に引き込む一音。柔らかい指使いで、驚くほど力強い、そして豊かな音色。表現力とは、技術ではない。やはり彼女は、紛れもなく天才だった。

　しかし、弾き終えた彼女は僕に向かって意味ありげに微笑むと、もう一度鍵盤に指を置いた。

「ウケるように、こう弾いた。でもね、この曲は本当はこう弾くの」

それは、まるっきり今のと真逆だった。

月崎は、長調パートに感情を込めて弾き、短調パートをいたって平坦に弾いた。とてもとても、平坦に。だから転調があったことに気づかないほどに、それは平凡でつまらない曲だった。しかし僕はそこに紛れもなく、月崎加恋という少女の心を見た。

「……透明だ」

僕はつぶやいた。月崎が微笑んで、

「そう。こうやって弾くと、透明になるんだ。さっきのだと、群青、って感じだね」

音が出ないAの鍵盤を、優しく撫《な》でた。

それから僕と月崎は、少し話をした。

やはりクラスでのあれは、だいぶ猫を被っているらしい。特に意味はなく、そういう〝癖〟だと彼女は言った。ピアニストとしての自分のことは、なるべく秘密にしてほしいとも言った。ピアニストとしてではなく、ただの中学生として居たいのだと、月崎は存外に平凡な望みを口にした。

「どうして、ピアノ辞めてしまったの」

僕の質問に、月崎は露骨に嫌な顔をした。

「聞き飽きた、その質問」

「……訊き方を変えるよ。月崎さんがそんなふうに思っていたのなら、どうして今までみんなが喜ぶおしとやかで可憐《かれん》で天才の月崎加恋を演じていたの」

月崎は嬉しそうな顔をした。

「わかってるねー、内村くん」

「それはどうも」

「そうだなあ。確かに演じてた。お母さんがそれを望んでいたからね」

月崎はぽつりと言った。

「でもお母さんは死んでしまった。私は確かにみんなの期待に応えようと神童・月崎加恋を演じていたけど、結局はお母さんのために演じていたんだと思う。だからお母さんがいなくなって、理由がなくなってしまった。天才でいる必要がなくなったの」

「自分で言うね」

「事実だから」

しれっと言うが、確かに事実ではある。

「それにまあ、お母さんが生きていた頃から、私の才能は枯れ始めてたよ。結局出オチの一発屋だった。演奏技術で私より上手い人はいくらでもいる。解釈とか、作曲とか、そんなものは若いから注目されただけ。私自身は至って並みのピアニストなの。だから、」

「そんなことはない」

僕は思わず口を挟んでいた。

「月崎加恋は、特別だよ」

月崎は意外と嬉しそうな顔をした。

「そう？」

「そうだ。少なくとも『透明』には、君にしか出せない音が確かにあった」

「自分を絞り出しただけだよ。そういうやり方は、あまり長続きしない」

月崎はあっさり言った。

「まあでも、近々また弾き始めるかも」

「えっ」

僕は驚いた。彼女の発言は、再びピアニスト・月崎加恋としての活動を再開する、という意味に聞こえたからだ。

「私、父親も死んでるから。お母さんが死んだから、もう親がいなくて、一人じゃ生きていけないでしょ。だからお金がいるの」

お金のためにまた弾く、と月崎は言った。

「幸い、弾いてくれって頼んでくれる人はまだいるしね」

「待って、君は一人暮らしをしているの？」

「まさか。家借りられないし。親戚の家に居候。でも、他人の善意をただで受け取るのは私の主義に反するから」

他人。

彼女はそう言った。実の親戚を、他人と。

思った以上に歪《ゆが》んでいると思った。彼女の音からにじみ出る、楽譜を黒く染めるような悲壮感。彼女は自分自身を絞り出している。そこには、いったいどんな過去があるのか。平凡な僕には想像も及ばなかった。

「――ねえ、内村くん」

別れ際、月崎は僕のことをそう呼んだ。そう呼んだ直後に、こう言った。

「秀、って呼んでもいい？」

秀。

僕は下の名前があまり好きではない。僕はちっとも秀でた人間ではない。しかし、それは名前のせいではないし、僕自身の問題だ。

「じゃあ、加恋と呼んでもいい？」

彼女は少し驚いたようだった。

「どうして？」

「その方がしっくりくる」

いずれにせよ、僕はすでに彼女を月崎と呼んでいる。

彼女はしばらく考えていた。

「いいよ。でも人前では嫌だよ」

それはお互いさまだ。月崎に教室で名前で呼ばれると、周囲の目線が気になる。

「わかった。じゃあこの場所だけで、お互いに」

ふふ、と月崎は微笑んだ。

「じゃあまたね、秀」

妙に甘い声で名前を呼ばれ、僕は背筋がぞっとした。

それから夏までのしばらくの間、僕らはその埃っぽい、ガラクタだらけの小さな教室で、Aの音が出ないエレクトーンの前に交互に座りながら季節を過ごした。僕にとって彼女は、たぶん初めて素の自分をさらけ出せた相手だった。似ているから、遠慮しなくていい。お互いに教室ではどこか別人を演じていて、にこにこと愛想のいい笑顔を浮かべていて、でもそれが仮面だと自分たちだけが知っている。放課後にあの場所へ行くと、僕は〝秀〟になり、彼女は〝加恋〟になった。昼間のあれはなんだよ、君こそあの笑顔はなに、と自分たちの仮面を外してはそれを見せ合って、よく笑った。月崎は素で笑うと、うひひひ、と趣味の悪い声で笑う少女だった。

六月頃、月崎が演奏会に出た。

彼女がメインではなく、ゲストの一人として呼ばれた小さな演奏会だったが、彼女が僕にもチケットをくれたので、聴きにいった。

舞台上での彼女は、やはり仮面を被っていた。笑顔で、可憐で、きらきらとまぶしく、慣れた様子で鮮やかに振る舞っていた。彼女の伴奏でヴァイオリニストが弾いたり、他のピアニストとの連弾を披露していた。プロの隣にいてなお映える彼女の演奏は、紛れもなく彼女自身もプロなのだということを思い知らされるようで、何かと話題になった若きピアニストの実力を疑うものも次第にその演奏に魅せられ、会場中が惹《ひ》き込《こ》まれていった。

一曲だけ、彼女はソロでオリジナルの楽曲を披露した。『透明』ではなかったが、有名な曲だ。

演奏は情感に満ちていた。やはり、上手い。才能が枯れ果てたなどと謙遜していたが、彼女は未だ全盛期にあり、その才能は輝きに満ちている。

しかし同時に、その演奏は苦痛に満ちていた。痛い。重たい。苦しい。月崎が僕の前でだけ見せる顔すらも、素顔ではないのかもしれないと思った。やはり演奏の中でこそ、彼女は自らをさらけ出すことができるのかもしれない。感情を上手に解放できない僕だが、彼女はさらに不器用そうなところがある。行き場を失くした感情の解放先がピアノなのだとしたら、確かに彼女の演奏には常に不安定さが付きまとうことになる。それは、プロとしては圧倒的な武器であると同時に、致命的な欠点でもあるのかもしれなかった。

週明けに会った彼女は、ひどく憔悴《しょうすい》した顔をしていた。

「大丈夫？　顔色悪いよ」

「いや、久々の演奏思ったよりしんどくて。練習時間もあんまり取れてなかったし」

「すごかった。ソロはよかったね」

「あれだけ本気。後は無心だった」

月崎はエレクトーンで『猫ふんじゃった』を弾きながら言った。やっぱり少し顔色が悪いと思った。

「……ねえ、秀」

月崎が言う。

「死ぬってどういうことだと思う？」

とてもフラットな口調で。

僕は少し考えてから慎重に答えた。

「生きるのが終わるということだと思うよ」

「それは違うと思う」

月崎が言った。

「死ぬっていうのは、病気でも、寿命でも、自殺でも、等しく同じことでしょう。でも生きるのが終わることと、生きるのを止めることは違う。だからその定義は正しくない」

確かに。月崎は正しい。

「……生きている状態が、終わること」

「そうだね。そうだと思う」

それから月崎はエレクトーンのAの鍵盤を押した。何も音の出ないその鍵盤を押したまま、月崎は僕を振り返った。

「この鍵盤は、生きていると思う？」

月崎はときどき、妙なことを訊く。

「もともと生きていないよ」

「そんなつまらない答えは期待してない」

月崎はにべもない。

「……生きている状態の定義とは？」

まずは、そこからだ。月崎はうなずいた。

「そうだね。死ぬことが、生きている状態が終わることだというのなら、生きていることとはなんだろう？」

「この世界に存在していること？」

「なるほど。鍵盤はここに存在している。秀の定義が正しいのなら、この鍵盤は生きていることになる」

音の出ない鍵盤。楽器としての機能を果たさない存在。それは、存在していないことと等しい。この世界に存在しているのに、存在していない。死とは、そんな矛盾の内包を許容する概念だろうか。

僕が言っていることは、例えるなら脳死状態の人間が、生きているという主張だ。それは未だ答えの出ないことであり、見地によっては死んでいるとも、生きているとも捉えられている。

月崎の言いたいことが見えそうで、見えない。僕は必死に頭を働かせる。

「楽器の魂が、音だとして。それが出せなくなったその鍵盤は、死んでいる。だけどこの世界には存在し続けている」

「幽霊みたいに？」

「幽霊みたいに。そう」

月崎がうなずいた。「それが死の定義」

「そう。だからこの鍵盤は、死んでいる」僕は答える。

「きっと、正解に限りなく近い答えなんだと思う」

私にも正解はわからないんだ、と月崎はいたずらっぽく微笑んだ。

「音の出ない鍵盤は、周囲の鍵盤たちを不幸にしている。演奏者を不幸にしている。オーディエンスを不幸にしている。彼のせいで音楽が完成しないから、周囲の鍵盤たちがどんなに頑張ってもその頑張りは無駄になるし、演奏者の演奏も無駄になる。オーディエンスは欠陥のある演奏にがっかりする」

僕は黙って聞いていた。月崎が唐突に奇妙なことを言い出すのは、今に始まったことではない。

「きっと自覚があるんだよ、この鍵盤も。自分のせいでみんなが不幸になっているって。そうしたらこの鍵盤が、消えてなくなってしまいたい、と思うのはきっと自然なことだよね」

今日はとりわけ奇妙だな、と思いながら僕は訊ねた。

「何が言いたいの」

「わからない？　秀ならわかってくれると思ったけれど」

月崎は、僕をじっと見た。

透明な瞳だ。いつ見ても透明で、その瞳はなにも映さない。その瞳には、僕が映っていない。世界が映っていない。彼女自身が、映っていない。

「……わからないよ」

僕は、逃げるように目を逸らした。

「秀は青い感じがするね」

と彼女は言った。

彼女が残した最後の楽曲を、僕は密かに知っている。

それは世に出ることはなかった。彼女があの小さな教室で作り上げ、最後まで僕しか聴くことはなかったからだ。

タイトルはなかった。何度か聴いたが、たぶん悲しい曲ではないと思った。短調だが、美しい音色だった。最後がとても唐突に終わる。それだけが不自然で、それゆえに不気味さのある、奇妙な曲だった。

「自分で作っておいてなんだけど、私には弾けない曲だ」

彼女は悲しそうに微笑んで、そう言っていた。その意味もよくわからなかったし、彼女以外の誰なら弾けるのだろうと、僕はそう思った。

その数日後だった。

エレクトーンのAの鍵盤は、この世界から永遠に姿を消した。その年の、七月が終わる日のことだった。

＊

——ねえ、秀。

階段を駆け上がった先、扉を開けると、七月の蒼穹がそこにあった。その真っ青なパノラマを背に、屋上の縁に立った彼女は言った。蜂蜜のように、甘い声で。

——私と心中しない？

僕はあのとき、彼女になんと答えるべきだったのだろう。一緒に死んでやるべきだったのか。それとも何か、言える言葉があったのだろうか。

なにも言えなかった。それはつまり、僕はなにもできなかったということだ。なにもしてやれなかった。彼女の素顔を知っているつもりで、僕はやっぱり彼女のなにもわかってはいなかった。

なんの救いも与えてやれず、自殺を思いとどまらせることもできず、止める間もなく彼女は屋上の向こう側へ落ちていった。

伸ばした手は空を切り、彼女の髪の先が指先を掠めて、消えていった。

何かが潰れる、音がした。

口の中で、プチトマトを噛みつぶすような。ぐちゅ、ぶちゃ、ぐしゃり。千個のプチトマトが一斉に潰れたみたいな——少女の細胞の一つ一つが軋み、歪み、変形し、そして破砕するそのすべてを僕は確かに聞いたように思った。

その年、僕はふさぎ込んで家から一歩も出なかった。かろうじて中学は卒業したが、受験はできなかった。一年時間をかけて、やっとのことで引きこもりを脱し、今の高校へ入った。

「……僕にはなにもできなかった」

後で知ったことは、たくさんある。彼女の家庭事情。彼女にまつわる暗い噂。だが、そんなことを知らなくても、僕は彼女の闇に気づいていた。彼女が苦しんでいることを、音を聴いてわかっていた。何に苦しんでいたのかは問題ではない。苦しんでいるというだけで十分だったのに。

——わからない？　秀ならわかってくれると思ったけれど。

わかっていたさ。君が、音のしない鍵盤だってことは。

それでも僕はその鍵盤から音が聞こえるふりをし続けた。それがつまり、僕の救いようもない罪なのだろう。

僕は、自分がどうしようもなくなにもできないことを知っている。

　それから僕は、自分になにもできないのなら、せめて誰にも手を差し伸べることのできない場所へ行こうと思った。誰からも手を差し伸べられない代わりに、誰にも手を差し伸べないで済む場所へ行こうと思った。そうして、今みたいな僕になった。友だちを持たない、今どき携帯電話も持っていないような、孤立を深めた高校生になった。もう二度と、誰とも関わらないために。

　――だけど、僕は。

　君に手を差し伸べてしまった。

「でも結局またなにもしてやれないんじゃないかって、僕は恐れている」

「そんなことないよ」

　飯山が即座に否定した。

　僕はのろのろと顔を上げる。飯山の目には僕が映っている。飯山の瞳に映る僕の瞳には、飯山が映っている。僕たちはちゃんと、お互いを見ている。

「私のことは、ちゃんと止めてくれたじゃん」

「止められたのかな」

　僕には自信がない。

「止めてるよ」

飯山ははっきり言う。

「私は死なないよ。自殺しない。君がメモリを持ってる限り、私は自殺しない」

「でも、それで君の脳が治るわけじゃない。飯山さんのテロメアは、きっと他の人よりずっと短い」

僕は思わず言った。

そう。僕は君の自殺を止められても、君のテロメアの、ものすごい速さの減少を止められるわけじゃない。それは結局、なにもしてやれていないのと同じだと僕は思っている。

「ああ……やっぱりそれを気にしてくれていたの」

飯山がぽふ、と僕の頭に手を乗せた。

「さっきだって薬飲ませてくれたじゃん。おかげで発作おさまったよ。ごめんね、本当に同じこと二回も話してたね」

「そんなことどうだっていい！」

僕は喚《わめ》いた。

「僕が二度同じ話を聞かされることと、君が副作用で苦しんだり、それを僕に悟られないように気を遣ったりするのじゃ、全然、割に合わないんだよ！」

「真面目か」

今度はチョップをされて、僕は目を瞬いた。飯山はやはり笑っていた。どうしてそんなにも――君はいつも笑っていられるのだろう。

「そりゃあ長生きできないだろうって覚悟はしてるけど、二十歳で死ぬわけじゃないよ。どこかおかしくはなるかもしれないけど、それでも自分で死んだりはしないよ。副作用とだって、ちゃんと戦う覚悟を決めてるんだよ。それは私の決意だよ。内村くんがいたから、背負うことができた覚悟なんだよ。だからあんまり、悲痛な顔しないでよ。なんか私が笑うたびに苦しそうな顔するから、笑いづらい」

飯山は泣きそうな顔で笑った。

僕は目を逸らさずにその笑顔を見つめた。

どうしようもなく、視界が滲《にじ》んだ。

ああ。

本当に君は、綺麗に笑う。

許されてしまう気がするから、見たくなかった。僕は許されたくない。君の命を救えない僕を、許したくない。

だけど、そんな顔を見てしまったら。

「……ごめん」

僕は絞り出すように口にした。声が震えて、どうしようもなく情けない声が出た。

「ごめん。僕は君を救ってやれない。自殺を止めることはできても、君の脳をどうにもしてあげられない」

「はい。許します。だから顔を上げて」

飯山がばかじゃないの、と笑った。そんなこと、期待してないのに、と。

僕はふっと、気がついた。僕が飯山に対して抱いている、複雑で、みっともなくて、どうしようもない感情は、雨に抱く感情に似ている。月崎が屋上から飛び降りた後、引きこもった部屋の中、長く降りしきった夏の小雨。その後に見た、真っ白に輝く、洗い立ての町。透明な、気持ち。

そう言ったら、飯山が、それこそ雨のように笑った。

「なんだか、好きって言われるよりもすごいこと言われてる気がする」

飯山が僕の方に寄ってきた。

「ねえ、うっちー」

「……なにその呼び方」

「じゃあ、秀くん？」

「なんですか、ナオちゃん」

「わー、気まずい！　やめようやめよう」

「自分で言い出したんだろうに」

飯山は照れ隠しのようにぶんぶん頭を振ってから、もう一度僕の顔を見た。

「キスしたい」

どきっとした。

なんて答えればいいのか、わからなかった。

固まった僕を、飯山が膨れ面で睨む。

「……僕はタイプじゃないんじゃなかったの」

やっとのことでそう返すと、飯山がますます膨れ面になったが、今度のは照れ隠しだったのかもしれない。

「言っとくけど、恋愛感情のキスじゃないよ」

「じゃあ、なんなの」

「透明な気持ちだよ。私も君に対して、とても透明な気持ちを抱いている」

透明な気持ち。

それはきっと、月崎が二度目に弾いた『透明』のような、あの気持ち。あらゆる光を透過して、深く青色に輝くラピスラズリのような、美しい感情。

「……僕、したことないよ」

飯山がまた照れたみたいに笑った。

「私もないよ。わー、どきどきするね」

僕はそっと、飯山に顔を近づけた。

「……ねえ、待って」

額が触れ合うほどの距離で、飯山が囁《ささや》くように言った。

「雨にキスするみたいにしてほしい」

雨にキスする。

わからないのに、わかるような気がした。

それでも顔を近づけてから、ゆうに数分はもだもだしていた。果てには飯山にくすくす笑われてようやく覚悟を決め、僕はそっと、彼女の唇に自分の唇を押しつけた。

雨の、味がする。

透明な味がする。

飯山の鼓動を感じた。

生きているのだと、強く感じた。

　ブナの樹に耳をつけたときに聞いたのは、やっぱり彼女の鼓動だったのかもしれない。飯山の心臓は、確かに強く、力強く、そこで命を主張していた。

　飯山は生きている。

　僕も生きている。

　だから、いつか死ぬ。命というテロメアが尽きてなくなる、そのときまで、死にもの狂いで生きて、死ぬ。

　ゆっくり唇を離すと、至近距離で飯山と目が合った。飯山が目を閉じて、ぐ、っと唇を押しつけてくる。長く、静かに、優しく降り続く小雨のように。

　――この憂鬱で、息苦しくて、切なくて、やっぱり憂鬱な、胸を有刺鉄線で締め付けるような感情の名前。

『透明』。

　僕たちはそれをそんなふうに呼んだ。

　断じて恋愛感情ではない。とても曖昧で、遠まわしな気持ち。

　けれど確かにその夜の僕たちの心は、青池のように澄んで透明だった。どこまでも透明に澄んで、青く青く輝いていた。

4

八月になった。

僕たちは相変わらず、透明な付き合いを続けていた。透明というのはつまり、今まで通りということだ。今まで通りとはつまり、七月までの僕たちすべてということだ。

飯山はたまに、不意討ちのように僕にキスをする。したことがないなんて言っていたくせに、まるでタイミングも、しかたも、全部わかっているみたいに、手慣れた様子で。口はいくらでも回る僕も、これぱっかりは上手にやり返せなかった。そういうとき飯山は至近距離で目を合わせたまま、にんまりと笑っている。

「勝ち誇った顔して」

僕はにんまり顔に一度だけやり返してから、そう言った。

「うっちーはあれだね、このときだけ顔真っ赤になるね」

飯山はまだにやにやしている。

「うるさいな。自分だって赤いよ」

「赤いよー？　照れてるんだもーん」

実際はちっとも赤くない。飯山はいつも、白い顔のままだった。

僕たちは毎日のように会っていたわけではない。むしろ飯山は片柳たちと会ったり、親と出かけたりと、他でも色々と忙しくしていた。よくもまあ発作が起きる可能性があるのに――事情を知っている親や僕ならともかく――片柳たちと出かけられるなと呆れ半分に言ったら、一応は周期的に発作がないだろう日しか出かけないようにはしているらしい。友情は大切にしているのだと言って、彼女はしょっちゅう僕をほったらかしにしていた。僕は飯山と会わなければ別に暇なので、たまに一人で映画を観に出かけたりした。でも、どっちにしたって僕は彼女のことばかり考えていた。朝目が覚めれば、いの一番に彼女のことを思い出した。

飯山の発作は、旅をしたあの日以来、少なくとも僕の前では起きていないらしかった。僕は旅行で預かった残りの薬をそのまま持っていて、彼女と出かけるときは必ず持ち歩いていたが、それを盛る機会はありがたいことに訪れていなかった。

＊

八月に入って最初の雨の日、忘れかけていたオープンスクール係の仕事で学校に呼び出された。来たる八月中旬のオープンスクールで、実際にどの場所で、なんの仕事をするのか、説明を受けるためだ。久しぶりに制服で登校すると、飯山も久しぶりにポニーテールにしていた。だが、白いカーディガンは着ていなかった。なんとなく、僕はそれが嬉しかった。

説明自体は一時間程度で終わり、僕たちは一緒に帰ることにした。帰り道も雨は降り続いていて、僕はいつも通りビニールの透明な傘を開いた。飯山は小さな水色の折りたたみ傘を出して、てきぱきと広げた。

「いやー、中学生に会うとか緊張しちゃうね。自分も数年前まで中学生だったはずなのに。受付ちゃんとできるかなあ」

僕らは来校者受付での、パンフレット配布や会場案内としてシフトを組まれていた。時間は午前の二時間ほどだ。

「まあ、大丈夫でしょ。飯山さんは外面はいいから」

「外面はってなに。私は内面もいいでしょーがよ」

「寝言は寝ていいなよ」

少なくとも、二度も自殺を考えたような人間が受付をしている高校に、僕だったら行きたいとは思わない。

「内村くんこそ、外面あんまり良くないけど大丈夫なの」

「作り笑いでよければ二時間くらいはなんとかなるよ」

「笑ってても目が死んでるんだよ、君は」

「生まれつきだからしょうがないね」

空はぽつぽつと雨脚を強めていた。行きはただのコンクリートのくぼみだった場所に、水たまりができている。黒っぽい水面に次々と波紋が生まれては消えていく。僕が立ち止まったのに気がついて、飯山も水たまりの前にしゃがみ込んだ。

「ペトリコール。調べてみた」

飯山が思い出したように言った。

「そう。意味はわかった？」

「うん」

雨が降ったとき、地面から立ち昇ってくるあの不思議なにおい。元はギリシャ語らしい。岩を意味するペトラ、神の体内を流れていたとされる物質イコル。石の神の血のにおいとでも訳すのか。大げさなようで、その喩えはしっくりくる。

雨の神の涙のにおいではなく、石の神の血のにおい。確かにペトリコールは、そんな感じのにおいがする。

「内村くんの血も、そんなにおいがしそうだよね」

「僕は神様じゃないよ」

「石っぽいんだよ。内村くん」

飯山はけらけらと笑った。僕は憤慨して明後日《あさって》の方角に顔を向けた。

猫が一匹、道路を素早く横切っていく。大通りからゆっくり曲がってきたトラックが、水たまりの水を小さく跳ねる。ペトリコールの、においがする。どこかでピアノの音がする。ショパンの『子犬のワルツ』だ。

八月の世界は平和だった。平穏で、何事もなかった。隣に自殺を考えていた少女がいるなんて、嘘みたいだった。脳が壊れかけている少女がいるなんて、嘘だと思った。

僕はいつもの癖でポケットに手を突っ込んで「あ」と小さく声をあげる。飯山が首を傾げる。僕はなんでもない、と頭を振った。なんでもなくはなかった。僕はメモリと、薬を忘れていた。

「あれ、内村じゃん」

知った声だと思ったら、蝙蝠傘《こうもりがさ》を差した片柳と横田が立っていた。私服姿のところを見ると、別に学校に用事というわけではないのだろう。

「なにしてんの……ってなんだ、オープンスクール係か」

僕の後ろの飯山に気がついて、片柳が勝手に納得してくれた。飯山が片柳に気づき、それから僕の方を見て、こう言う。

「内村くんの知り合い？」

ふいに『子犬のワルツ』が途切れた。

僕だけが一瞬で状況を理解した。片柳が目を眇めて「ナオ？」と言った。飯山は困った顔をしてまた僕を見た。僕だけが、状況を理解していた。

薬を持っていたところで、その場で彼女に飲ませて片柳を言いくるめられたかと言われれば、それは無理だろうと思った。それでも薬を持っていなかったことが、幾分か僕を普段よりも冷静ではなくさせたと思う。

「ごめん、片柳さん。また今度」

僕は飯山の手首を摑んで走り出そうとした。しかし、片柳が飯山の反対の手を摑んでいた。

「待ちなよ。なに、それってどういう意味？　ナオ、どうかしたの？」

片柳が飯山にとって思っていたよりずっと良い友人であることを、僕はそのとき初めて知った。片柳は飯山が自分のことを知らないような素振りに怒ったり、困惑したりするよりも先に、飯山の奇妙な発言から彼女のことを気にかけたからだ。飯山が片柳に自分の秘密を話すことをしなかったのは、それだけ仲がいいからこそだったのかもしれない――だが、

「放してっ」

存外に鋭い飯山の声に、片柳がびくっと手を緩めた。僕はその隙を突くようにして、走り出した。飯山は僕が手を引かずともついてきた。後ろから追いかけてくる片柳と、横田の呼び声を振り切るように、僕らは雨のアスファルトの上を必死に駆け抜けた。

まずいことになった。

よりにもよって、片柳に発作を見られた。

まだ心臓がどっ、どっ、と強く脈打っている。

いや、むしろ今までばれていないことが奇跡だったのだ。本当に。最近になって発作の頻度が高くなったとは言っていたが、それでもよくぞ今まで隠し通してきたもの

だと思う。

「飯山さん、薬持ってる？」

僕がそう言うと、息を切らしていた飯山がこっちを向いた。

「……さっきの子たち、私の友だち？」

「そう。同じクラスの、片柳さんと横田さん」

飯山が僕を睨んだ。

「なんで逃げたの。私、てっきり怖い人たちなのかと思って一緒に逃げちゃったじゃん」

なんだか怒っているようなので、僕は抗弁した。

「怖い人なんかじゃないよ。君がいつも仲良くしてる子たちだ。でも、君の脳のことは知らないんだ。だから、それを知られるよりはいいかと思った」

「……逃げちゃったら、同じことだよ」

今度会ったときどうしよう、と飯山はぽつりとつぶやいた。僕は少し釈然としなかったが、とにかく今は飯山の発作を抑えることが先決だった。

「飯山さん、とにかく薬を飲んで」

再び飯山が僕をじとっと睨んだ。

「なんで内村くん、薬持っててくれてないの？」

「……今日は忘れちゃったんだ」

僕は正直に白状した。飯山はしばらく僕の目を見ていた。

「……忘れた。そう」

飯山は鞄から自分の薬を取り出して、ぷちぷちとPTPシートから押し出し始めた。

一つ、二つ、三つ、四つ……。

「そんなに飲むの？」

「これくらい飲まないと効かないの」

彼女はなんでもないように言って、結局一シートの半分近い薬で手のひらに小さな山を作ってしまった。旅行のときのように、気遣う余裕もないのは、飯山も飯山で動揺しているからのように思えた。

水で押し込むようにがぶがぶと薬を飲み込んだ飯山だったが、元から白い顔がわずかに青ざめたのが僕にはわかった。不味《まず》さゆえなのか、それとも早くも副作用が始まったのか。どっちにしても、僕には不安しかない。

「どっかで休む？　珈琲とか大丈夫なのかな」

「カフェインはダメ。余計気持ち悪くなる」

でも、とりあえず座りたい。

飯山が苦しそうに告げたので、僕は近くの喫茶店の場所を頭の中で検索し始めた。

駅近くの喫茶店は再び片柳や、同じ高校の生徒に出くわす可能性が高くて正直嫌だったが、青い顔をした飯山をあまり連れ回すわけにもいかない。なにより雨脚が強まっていた。駅に向かいながら一番最初に見つけた小さな喫茶店に入り、僕は珈琲を、彼女は牛乳を頼んだ。ホットにしてもらった牛乳のカップを両手で抱え、飯山はもとより色の薄い唇をより蒼白にしながら、ちびりちびりと猫みたいに舐《な》めるようにして飲んでいた。

珍しく、僕たちの間には会話がなかった。飯山は本気で体調が悪く、僕はそれに動揺していた。薬とは大概そういうものだが、何かを抑えるために、抑えなくていい何かまで抑えたり、あるいは何かを動かすために、余計な何かを動かしてしまったりする。なかなかピンポイントで回復効果だけを得ることは難しい。医学は魔法ではないのだ。飯山の発作は相当に強力な薬で抑え込んでいるようで、その副作用は並の薬の比ではなさそうだった。文字通り舌でちろちろと牛乳を舐めていたその動きさえも止まり、やがて飯山は気持ち悪そうに机に突っ伏した。

「大丈夫……じゃないよね」

飯山はおでこを机にくっつけたままぐりぐりと頭を振る。

今までも、薬を飲んで学校生活を送ってきたと言っていた。年頃の女の子は往々にしてときどき体調が悪いことくらい、僕だって知っている。例に漏れず飯山もたまに体育を休んだり、保健室へ行ったりしていたが、その頻度が特別高かったとも思わない。彼女はそれだけ、隠し通してきたのだろう。こんなにも苦しそうな様子を、一度だって見せることはなかった。

「なんか……ごめん」

飯山が少しだけ顔を上げて僕を見た。無言だったが、なにが？　と言っているのだとわかった。

「いや……本当に、なにもしてあげられないんだなって」

飯山が手を伸ばして、僕の頭をぽんぽん、と叩いた。

なんで僕が慰められているのだろう。薬を忘れ、片柳たちに不信感を抱かせ、目の前で苦しんでいる飯山になにもしてやれない僕が、どうして慰められているのだろう。

僕は飯山の手を握った。冷たい、白っぽくなっている。飯山は再び机に突っ伏してしまった。手つかずの珈琲はどんどん冷めていく。

五分ほどして、飯山がトイレに行くといって席を立った。ふらふらしていたが、ちゃんと女子トイレの扉を開け、中へ入っていった。

僕はようやく冷めきったカップに口をつけ、微妙に温《ぬる》い珈琲をゆっくりと胃に流し込んだ。味なんてわからない。どうせ数百円のありきたりなブレンドだ。

わかっていたはずのことだった。

飯山直佳は、普通じゃない。普通じゃないのだ。彼女は壊れている。これからも壊れていく。それでも生きてくれと言ったのは僕だ。壊れても歩き続けろと、酷な要求をしたのは僕だ。それなのに——薬を忘れた？　自分の馬鹿さ加減に呆れ果てる。いつからそんなにおめでたいやつになったのだ、内村秀。旅行で飯山に気遣われたことで、僕は危機感を失っていた。あの日、彼女は自分の苦しむ姿を見せないようにした。だから僕は、それを見ずに済んだ。それはわかっていた。でもその本当の意味と価値を、今更に理解した気がする。僕が思っていた以上に、彼女の気遣いは大きかったのだと知る。

どこかで、彼女の状態はそんなにひどくないと思っていた。幽霊教室で見せたあの一件がひどすぎただけで、普段はもっと軽いのだと。旅行のときも、そんなにひどくないのだと心のどこかで思っていた。だけど、そうじゃない。あれが、飯山のデフォルト。それなのに僕は——。

僕は飯山とは違う理由で机に突っ伏した。

——偽善者！

頭の中で罵る声がする。

僕はひょっとして、彼女を救えない自分に酔ってるんじゃないのか。悲劇の主人公でも気取ってるんじゃないのか。本当にどうしようもないやつだ。死にたくなる。簡単に口にしていい言葉じゃない。飯山にあれだけ生きろと言っておいて、僕が死にたいなどとどの口で言うのか。それでも死にたいと思った。僕は自分が憎い。自分が疎ましい。自分が嫌いだ。大嫌いだ。いっそ僕の脳が壊れてくれればよかったのに。

「……はあ」

盛大にため息をついて、僕は顔を上げた。

珈琲を口に含み、ゆっくり飲み下して深呼吸をした。

とにかく、これからはもっとしっかりしなければならない。薬は忘れない。メモリも忘れない。片柳たちのことは、なんとかする。そして、なるべく彼女と一緒にいよう。それだけが、内村秀にできる唯一のことのはずだ。

僕は飲みほした珈琲カップを見つめて、向かいの席に目をやった。ほとんど減っていないホットミルクからは、もう湯気も立っていない。飯山はまだ戻ってきていなかった。やけに長いな、と思ってトイレの方を伺うように見たとき、店員の大きな声がした。

「お客様、大丈夫ですか⁉」

僕は反射的に立ち上がっていた。

声はトイレの方から聞こえた。

立ち上がったのは素早かったのに、僕は恐ろしくのろのろとトイレの方へ足を向けた。少し人だかりができていて、よく見えない。かき分けるようにして進み、僕はそれを見下ろした。

飯山が、吐いていた。

「飯山！」

僕は金縛りから解けたように飛び出すと、飯山の体を抱き起こした。真っ青な顔をした飯山が、その拍子にまた吐いて、吐物を僕の胸に盛大にぶちまけた。酸っぱいにおいがする。僕は構わず飯山を揺さぶった。

「飯山！　飯山！」

「落ち着いてください、お連れ様ですか？　今救急車呼びましたから、ひとまず安静にしましょう。あまり揺らさない方がいいです」

若い女性の店員だったが、声は落ち着いていて、僕は水をぶっかけられたみたいに黙りこくった。

飯山は体温がなかった。冷たい。冷たい。氷みたいだと思った。その冷たいぐにゃりとした塊を飯山だと思うことは難しかった。華奢で軽いはずのその体がずしりと重い。飯山が再び嘔吐し、僕の腕を吐物が伝った。胃の中はほとんど空っぽらしい。もう胃液しか出てこない。トイレでも吐いていたのかもしれない。

遠くでサイレンが聞こえた。救急車が近づいてくるのがわかった。店の扉が開き、救急隊員たちが素早くやってきて、店員と二、三言葉を交わした。僕の腕の中の飯山に何事かを話しかけ、僕にも何かを確認してきたが、頭がろくに回っていなかった僕は言葉らしい言葉を返すこともできず、その都度店員さんが状況を説明してくれているようだった。

やがて救急隊員が僕の腕から飯山を取り上げようとして、僕は反射的に抵抗した。何かを言われ、腕を押さえられた。飯山が行ってしまう。どこか遠くへ行ってしまう……ふっと、飯山が顔を上げて朦朧とした目で僕を見た。

なんだろう。そのとき彼女の瞳の中に、僕はとても懐かしいものを見た。

「あーがない」と彼女がつぶやくのを、確かに聞いた。

＊

飯山はそのまま病院に搬送された。搬送先で彼女の保護者に連絡が行き、彼女の状態が告げられ、その後普段通院している病院へ移送されたらしい。かなり後になってから知った話だ。その日追いかけられたのは最初の病院までで、その後彼女の行方《ゆくえ》を見失った僕は仕方なしにとぼとぼ家へ帰った。

飯山の携帯に何度かかけてみたが、反応はなかった。メールアドレスは知らない。こんなことなら聞いておけばよかった。パソコンからでもメールはできるのに、僕はどうせしないからと聞かなかったのだ。普段も連絡はほとんど取り合わなかった。家にかけられて親が出るのも嫌なので、基本的には僕が家の近くの公衆電話からかけるだけだった。いつもの電話ボックスから出ると、僕はふらふらと家に戻った。母親に「なんか顔色悪いわよ」と本気で心配されて、逃げるように部屋へ引きこもった。

薬の副作用。

わかっていても、あんなのはもう、病気だ。発作を抑えるための薬で、別の病気になっているようなものだ。

彼女はあんな欠陥を抱えて、いったいどんな学校生活を送ってきたのだろう。傍目《はため》には楽しんでいるように、堪能《たんのう》しているように見えた鮮やかな笑顔の裏で、いったいどれほどの痛みを抱えていたのだろう。自らの記憶を疑い、強力な反面ひどい副作用のある薬を人目を盗んで飲み、その苦痛を腹の奥底に秘めたまま、どんな気持ちでクラスメイトに接してきたのだろう。

私は死にます。自殺します。

生きることに、疲れました。

その答えが、あの遺書なのか。

なにもかもに疲れ果てて、自分が生きているのかどうかもわからなくなって、生きることをやめてしまいたくなったのか。生きていたところで彼女に残された時間は少なく、ただただ絶望的な未来が待っているだけだ。僕は彼女に、自殺する理由を訊いたことはなかった。彼女も言わなかった。だけど今、僕ははっきりとそれを突き付けられているのだと思う。

これがあのメモリの真相。

彼女が死にたかった理由。ひょっとしたら、今でも死にたい理由。

あんなにひどい目に遭うのなら、死んだ方がよかったのかもしれない。

この先ずっと、きっと頭の隅でそう思いながら、彼女は生きていくのだ。その思考と、あの苦しみと、戦っていくのだ。一人きりで、抗っていくのだ。僕にけしかけられて、メモリを奪われて、僕という命を人質にとられて、優しい彼女は偽善者の要求を呑んだ。ただ見ているしかない僕の目の前で、悪魔に身を蝕《むしば》まれ続《つづ》け、やがてなにも思い出せなくなって、腐った脳とともに朽ちていく彼女は、いったい何に救われるのだろう。

少なくとも僕ではないと思った瞬間、もう飯山に電話をかけられなかった。

何か、自分にはその資格がないような気がした。

＊

目が覚めると久々に雨だった。のそのそと布団を出て、窓を開ける。湿った空気に混じってペトリコールのにおいがした。まだ降り始めたばかりらしく、アスファルトに黒いぽつぽつとした染みが広がり始めている。

僕は傘を持って、母親に気づかれないように家を出た。

あれから三日になる。僕は飯山に会っていない。彼女がどうなったのかも知らない。ビニール傘を見上げて歩いても、心はちっとも弾まない。雨はふさぎ込んだ僕を嘲笑《あざわら》うかのように、透明な膜の上で跳ねてはころころと転がっていく。

家を出て、一番近いところにある川沿いを、上流へ向かってゆっくりと歩いた。川沿いを歩くのが好きだった。雨の日の川は、ペトリコールを強く感じる気がする。強い、水のにおいがする。

川を遡って、どこまでも、どこまでも歩いていける気がする。だけどいつも、僕は引き返してしまう。いつか帰れなくなる気がして、それがよくないことだと思っている。でも今日は、引き返せなくなってもいいかと思う。上流へ上流へ、川の源流のさらにその先へ、どこまでも遠くへと歩いていってしまおうかと思う。

「内村？」

誰かが呼ぶ声がした。傘越しの空を見上げたまま歩いていた僕は、ゆっくりと視線を前に戻す。味気のない茶色と白の服装をしたその少女が、一瞬誰だかわからなかった。普段はボルドーレッドのカーディガンを着ている、あの片柳の存外に地味な私服姿を僕はまじまじと見つめた。

「あんた、こんなとこでなにしてんの」

僕は周囲を見渡した。見覚えのない住宅街だった。ここはどこだろう。川沿いにずっと歩いてきたが、どこまで続いているのかは、そういえばよく知らなかった。

「……散歩」

「どっから歩いてきたんだよ」

「家」

「内村の家どこだっけ」

地元駅の名を告げると、片柳が目を丸くした。

「ここまで何キロあると思ってんの！　七駅は離れてるでしょ！」

僕は片柳の家を知らない。しかし、彼女が電車通学をしていることは知っている。前に定期の話をしているのを聞いたことがある。

自分が七駅分の距離を歩いてきたことよりも、彼女の家と僕の家のそばを、同じ川が流れていることの方が妙に感慨深かった。僕は飯山の家も知っている。彼女も同じ町に住んでいて、わりと僕の家から近いところに家がある。そのそばも、同じ川が通っている。

「別に大したことないよ。散歩は得意なんだ」

僕は適当に答えた。自覚してみると、足が痛い。疲れている。けれど、そんなことはどうでもいいことだと思う。

「それにしちゃあ青い顔してっけど。つか散歩が得意ってなによ。苦手なやついないでしょ」

片柳がため息をついて腰に手を当てた。彼女に呆れられる日がくるとは思わなかった。だが、確かに今の僕は呆れるほどに無能なのかもしれない。

「この橋渡ってまっすぐ行ったら駅だから、帰りは電車で帰りなよ」

「ご親切にどうも」

「それから、もう雨降ってないよ」

片柳が、差しっぱなしの僕の傘を指差して言う。

本当だった。いつのまにか雨は止んでいて、僕は傘越しにねずみ色の空を見上げているだけだった。いつから止んでいたのだろう。雨の気配がしなくなったことに気づかないほど、ぼんやりしていたのだろうか。

「……いいんだ。またすぐ降ってきそうだから」

僕は傘を差したまま「じゃあまた」と言った。片柳は何か言いたそうにはしていたが、肩をすくめて道を譲ってくれた。

……妙だと思った。どうしてこないだのことを訊いてこないのだろう。飯山と逃げた、あの雨の日のことを、片柳は気にしているはずだ。

そんな考えを見透かしたわけもないだろうが、逃げるように歩き出した僕の後ろで、片柳が「そーいえば」とわざとらしくつぶやいた。

「昨日、ナオに会った」

弾かれたように振り向いてしまった。

ナオ。彼女がそう呼ぶクラスメイトは、一人しかいない。

ナオ。直佳。飯山直佳。

片柳の友だち。クラスメイト。僕が一番よく知っている女の子。

僕はよっぽどわかりやすい顔をしていたのだろう、片柳はしてやったり、みたいな、けれど同時にどこか苦そうな、奇妙な顔をしていた。

「ほら、その顔。やっぱりなんか知ってるんじゃん」

内村ってそんな顔するんだね、と片柳は眉尻を下げて存外に優しい顔で笑った。

元々約束をしていたわけではなく、学校の近くへ行ったらたまたま出くわしたらしい。飯山は一人だったそうだ。雲の上を歩いているみたいなふわふわとした足取りで、大通りを歩いていたらしい。

「飯山さんは、どんなだった」

「別に。普通に概《おおむ》ねいつも通り。元からふわふわしてるっちゃふわふわしてる子だし」

僕は片柳の目をじっと見つめる。その目の奥に、言葉の裏を見出《みいだ》そうとする。

「別に嘘なんかついてないから」

片柳が嫌そうに手を振り、僕の視線を遮った。

「こないだのこと訊いたら、ちょっとふざけただけだって言ってたけど、そんなわけないよね」

ちょっとふざけただけ。飯山はあれを、そういうことにしたのか。確かに少し乱暴だ。誰でもはっきりと嘘だとわかる。飯山の反応だけなら、それでもよかったかもしれない。彼女の普段の振る舞いを考えれば、ぎりぎり通せないこともない理屈だ。だが、あのときは僕がいた。僕が傍目にもはっきりわかるほど、動揺していた。あれをふざけたで済ませるほど、僕はキャラができていない。

「でもまあ、ナオが嘘をついたってことは訊かれたくないってことだろうし」

片柳はあまり深く訊かなかったらしい。五分ほど立ち話をして、すぐに別れた。飯山はやはりふらふらと、当てもなさそうにどこかへ歩いていったそうだ。

「ちょっとどっか様子が変だった」

と、片柳は言った。

「変？」

「なんていうか……具体的には言えないんだけど。オープンスクールもうすぐでしょ。会えばわかると思う」

奥歯に物が挟まったような言い方だ。だが、確かに片柳は嘘を言っていないと思った。目ではなく、彼女の声が帯びたわずかな緊張を僕は聞き取っていた。

少なくとも、飯山が歩き回れる程度に無事であることはわかった。しかし、本当に無事なのだろうか。一時的な副作用であれば、入院沙汰にならないのは理屈で言えば確かにそうだが、実際に苦痛にのた打ち回る彼女を見てしまっている僕には、あれが肉体的には健康なはずの人間とはとても思えない。

ひとまず無事であることが確認できてほっとしたはずなのに、もやもやとした不安が心にまとわりついた。彼女はなぜふらふらと出歩いていたのだろう。今彼女はなにを考えているのだろう。なにをしているのだろう。僕は彼女に連絡を取るべきだろうか。彼女の携帯には着信履歴が残っているはずだ。公衆電話からなので非通知だろうが、そもそも非通知でかけるのなんて僕くらいだから、彼女にはわかったはずだ。

「ねえ、内村」

ごちゃごちゃと思考の糸が絡んだ頭に、片柳の声が割り込んできた。

「ナオは、大丈夫なんだよね?」

雨がぽつぽつと再び降り始める。片柳は傘を持っていなかった。

「使っていいよ」

僕はビニール傘を片柳に強引に持たせた。それから、川を上流に向かって走り出した。

「ちょっと! 内村!」

僕は振り返らなかった。

ひたすら上流へ、上流へ、強くペトリコールの香る川沿いを、全速力で駆けた。

その日どうやって家へ戻ったのかはよく覚えていない。

＊

オープンスクールの初日は中学生を歓迎するかのように晴天になった。つまり、僕は歓迎されていないということだ。それでも仕事なので――というよりは、飯山に会うためだけに、僕は学校へ向かった。着く頃には汗だくになり、汗で湿ったシャツがぺたりと背中に張り付いていた。

飯山は先に来ていた。この暑さで、涼しい顔をして白いカーディガンを羽織っていた。それは排他の象徴に見えた。僕を寄せつけない、真っ白な壁。

飯山は僕を見て、おはようと言った。その笑顔が今までと違う気がして、僕は固まった。

他人の、笑みのように見えた。

白いカーディガン以上に、僕の心を弾く。

話しかけられなかった。

すぐに先生がやってきて、僕たちは受付のため来校者用の玄関へ移動した。長机を一つ置いて、学校のパンフレットとオープンスクールの資料を山のように積んだ。受付には僕たちだけでなく、先生も一人同席する。私語ができるような状況ではなかった。

九時頃になって、ぽつぽつと中学生がやってきた。飯山は愛想よくパンフレットを配り、資料の説明をした。絵に描いたような優等生っぷりに、中学生も保護者も一様に感心したような様子を見せていた。彼女が自殺志願者だったことなど、思いもよらないのだろう。

だが、それは仮面だ。

彼女の頭蓋骨の中、脳漿《のうしょう》に浮かぶ頭脳はすでに壊れ始めている。彼女の心も、きっと壊れつつある。今笑っていられるのが不思議なほどに、彼女には暗い未来しかない。そんな状態で、明るい未来しかない中学生に向かってどうして笑いかけられるだろう。

その笑みは皮肉なのかもしれない。

あるいは、呪いなのかもしれない。

僕は上の空だった。パンフレットと資料を一つずつ渡さなければいけないのに、パンフレットを二つ渡したり、資料を渡し忘れたりして、怪訝な顔をされた。先生に注意もされた。飯山は一度も僕の方を見なかった。

二時間ほどで交代の生徒がやってきて、僕らは解放された。

一言も口をきかないまま、僕らは教室まで戻り、荷物を回収した。何か言わなければと思ったが、口実が思いつかない。だが、口実なんて本当はいらないことを僕は知っている。ただ一言、名前を呼べばいいだけだ。だけど僕はそのとき、彼女をなんと呼べばいいのか、わからなかった。

「内村くん」

僕はぱっと顔を上げた。飯山が窓の外を見ていた。

「嫌な天気だね」

外は快晴だ。青い夏の空が広がっている。とてもいい天気なのだろう。だが、僕らにとってそれはいい天気ではない。僕たちは雨が好きなのだ。静かにしとしとと降る、小雨が好きなのだ。こんな晴れ空は、いい天気じゃない。

なんとなく、安心した。彼女が雨の好きな、飯山直佳だということに。

「飯山さん」

僕はやっと彼女の名前を呼んだ。

「ん？」

「体、大丈夫なの」

「ん、全然大丈夫だよ。ごめんね、心配かけて」

飯山はいつも通りに見えた。きっと、僕は考えすぎているのだろう。

「いや、僕こそ。なんの連絡もしなくて」

「携帯にかけてくれたでしょ？　なんか非通知入ってた」

「ああ、うん。でも、結局一度きりで」

「一度でも嬉しかったよ。ありがとう」

飯山は微笑んだ。なんだかいつもよりだいぶ、やわらかい笑みだと思った。

僕たちは一緒に教室を出た。オープンスクールで、いつもと少し雰囲気の違う校舎を並んで歩いた。たまに中学生とすれ違う。親子連れだったり、友だち連れだったり。女の子が多い気がする。確かに男子はあまり、こういうのには興味がなさそうだなとも思う。

昇降口について、飯山が言った。

「あ、忘れ物しちゃった」

靴に履き替えていた僕は、足を止めた。

「待ってるよ。取ってきたら」

「ううん、先帰ってて。忘れ物っていうか、先生に話」

「永井？」

「そうそう。永井先生」

確かに永井も今日学校に来ていた。今頃オープンスクールのどこかで、こき使われているのかもしれない。夏季休暇だというのにご苦労なことだ。

「時間かかるの？」

「うーん、わかんない。だから、先帰っていいよ」

飯山はにこにこしながら言った。

なんとなくだが、今日の彼女はやっぱりいつも通りではないと思った。いや、いつも通りには見える。でも、何かが違う。何がとは言えないが、強いて言うならにこにこし過ぎていた。飯山は、よく笑うが、にこにことは笑わない。少し控えめに、口の端を軽くあげるような、そんな笑い方をするのだ。今日の彼女は、やけに外行きの顔だった。

「わかった、じゃあ先に帰るよ」

僕がそう言うと、彼女がうなずいて「さようなら」と言った。

それは、とてもありふれているようで、あまり使わない言葉だと思う。ニュアンスに、二度と会わないことを含んでいるような気がする。「また今度」の方がずっといい。「また明日」の方がもっといい。夏の青空の下、「さようなら」と口にした少女の纏う空気はあまりに切なげで、僕はたまらない気持ちになった。そんなとき、女の子が口にする言葉はせめて「またいつか」であってほしい。

「さようならって、なんだよ」

僕は笑って言った。……笑えていただろうか。

「また今度、とかじゃないの？」

「うーん、でも」

飯山は変な顔をしていた。

「なんとなく、またすぐに会う気がするけどね。それでもやっぱり、さようならって気分なの」

――だから、さようなら。内村くん。

やはり、なにか違和感を覚えた。

だけどそのときは、その正体に気づけなかった。

家に帰ってから、ずいぶんと久しぶりに月崎加恋のCDをかけた。彼女が出した、唯一のCD。『透明』を含むオリジナル楽曲がいくつかと、有名どころのクラシックが数曲。

聴いていると、久しく思い出していなかった彼女の右顔を思い出した。

ピアノは聴衆から見て左側に奏者が座る楽器だ。ピアノ上部の天屋根は、左側に蝶番《ちょうつがい》がついていて、右側が開くようになっているからだ。右側が開くということは、そっちから音がよく出るということで、それゆえにピアノは右側を聴衆に向けて置かれる。必然的に、ピアニストというのは右顔ばかりが見られるもので、例外なく僕も月崎加恋の顔は横からばかり見ていた。

それでも僕は、彼女の左の顔も知っている。教室や、エレクトーンを弾いているとき。普通にしゃべっているとき。歩いているとき。彼女の左半分は、見慣れた右半分ほどは鮮やかに大人びてはいない。年相応の幼さと、どことなく薄暗い印象も併せ持ち、それでいてころころとよく笑う。

あの頃、彼女が何を抱え、何を思っていたのか、とうとう僕は知ることができなかった。

曲が途切れ、僕は身を起こした。ふと目をやった机の上に、帰ってきてからポケットから出した〝suicaide memory〟が置いてあった。

メモリが蛍光灯の光を反射してきらきらと光っている。

ちょうど次の曲が流れ始めた。『透明』だ。よく、Ａのないエレクトーンで聴かされた……そのままぼんやりとラベルを見つめていて、僕は今さらのことに気がついた。綴りが間違っている。正しくは“suicide memory”のはずだ。aが余分だ。

ふと思い出した。

——あーがない。

喫茶店で倒れた日、彼女はそうぼやいた。もしあのとき——僕は飛びつくようにパソコンの電源を入れ、メモリを差し込んだ。

エクスプローラーを立ち上げ、USBを開く。

七月のテロメアのフォルダをクリックし、パスワードにこう打ち込んだ。

〝CDEFGH〟

「あー」をそのまま文字通りに取ると意味がわからない。だがそれをAに置き換えると、だいぶ違った意味がある。

音階を日本ではドレミファソラシド、ないしはハニホヘトイロハで表すが、これを英語音名にするとCDEFGAB、ドイツ語音名にするとCDEFGAHとなる。英語はアルファベットそのままの読みだが、ドイツ語だとツェー・デー・エー・エフ・ゲー・アー・ハーとなり、Aの発音はアーだ。

——なんか音階に関係あったような記憶がうっすらあるんだけどね。

以前彼女はそう言っていた。確かに彼女がフォルダにかけるパスワードとして、これが一番ふさわしい気がした。

震える指でエンターキーを押した。

果たしてフォルダが展開され、二つのファイルがそこに表示された。

ＰＤＦと音声ファイルだった。僕は迷わず音声ファイルの方をクリックし、月崎加恋のＣＤを再生していたメディアプレイヤーが切り替わるのをやきもきと待った。

やがて、ＰＣのスピーカーから小さく音が流れ始める。なにで録音したのだろう、少なくともきちんとしたスタジオでないことは確かだ。

それは、ピアノの音だった。

有名な曲じゃない。むしろ、それは個人が作った曲だ。僕はたまたまその音楽を知っていた。知っていたから、驚いた。

最初は長い一つの旋律が繰り返し弾かれる。そこから一小節ずつ、両端からメロディーを削りながら繰り返す。どんどん短くなる旋律が、あるときぱたっ、と途切れる。

えっ、終わり？　と思うほど唐突に。

音を聴きながら開いたＰＤＦファイルの方は楽譜だった。一番上に小さく『七月のテロメア』と書かれていた。

つまりこの音楽が、七月のテロメア。曲名だったのだ。

そしてその瞬間、僕は今日飯山に感じた違和感の正体に気がついた。

こんこん、と突然部屋がノックされた。滅多にないことだ。今、家には母しかいない。

だから至って当然のことだが、扉を開けたのは母だった。母自身がかなり困惑したような顔をして、こう言った。

「なんかあんた宛てに、片柳さんって子から電話がきてるわよ」


「夕方ころにユミがナオ見かけたんだって」

開口一番、片柳はそう言った。ユミ、というのは横川さんのことだ。彼女が飯山を見かけたという場所は、高校と地元駅とのちょうど間くらいの駅で、飯山は一人でホームの端っこにぼんやり突っ立っていたのだという。電車の中から見かけただけらしいので、声などはかけたりしなかったが、様子が少しおかしかったそうだ。今にも線路に飛び込みそうな――結局彼女はそのまま反対方面の電車に乗り、去っていったらしい。

「なんか、思いつめたような顔してたからって。私も電話かけたりメールしたりしてるんだけど、あの子全然出なくて」

僕は時計を見た。もう十時を回っている。家に帰っていないのだろうか。飯山は夜遊びをするようなタイプではない。

「片柳さん、なんでうち」

「今どき本気で調べようと思ったらわかんないことなんてないんだよ。あんたんちの電話番号くらい朝飯前」

ものすごい暴論だ。だが、訊きたかったのはそういうことじゃない。

「どうして僕にそれを教えるの」

「どうして？」

片柳の声が呆れているような気がする。

「内村、ナオのこと心配なんじゃないの？」

心配。

確かに心配だ。だけど片柳は前提を間違っている。

「……僕に、彼女を心配する資格があるのかわからない」

「はあ、なにそれ」

今度ははっきりと、呆れられた。

しい。

「心配するのに資格なんてあるわけないじゃん。ばかじゃないの」

清々《すがすが》しいほどに罵倒された。片柳の頭の中は、僕とは根本的に何かが相容《あいい》れないらしい。

「僕は彼女に、とてもひどいことをしている」

「なに？　絶対許さないけどとりあえず聞くわ」

ただでさえ言いづらいのに、片柳は容赦がない。僕はため息交じりに言葉を継ぐ。

「彼女がつらくなると知っていて、僕は彼女にあることを強いた。それが正しいと思ったんだ。だけどそれで彼女が本当につらくなったとき、強いたくせに僕はなにもしてあげられない。僕はとても無力で、愚かだ」

別に彼女の脳をどうにかしてやろうとか、魔法とか、奇跡とか、そんなことを望んでいるわけではない。だけどもっと何か——何かができるつもりになっていた。けれどいざ彼女の問題を目の当たりにしたとき、僕は自分がいかに愚かで、そしていかに無力だったのかを思い知らされた。それがどうしようもなく、心をくじくのだ。

「あのねえ」

電話の向こうで三度、片柳が呆れ声になった。

「私たち、まだ十六歳の子供なんだよ。無力で愚かに決まってんじゃん。そんなすごいことできるわけないじゃん。ましてや人がつらいときに、都合よく救ってやれるようなスーパーマンいるわけないじゃん。そういうときは、なんにもしてやれないけど、そばにいてやるもんでしょ。どうあがいたって自分以外は全部他人、他人に他人のことはなんもわからないから、そばにいて話聞いてあげて、色々考えたり相談したりして、それでやっと何か力になってあげられるかも、って話になるんでしょ。それをする前からなんもできないからなんもしない、って、そんなのは最初から相手のこと心配してないのと同じだよ」

よくもまあ、ぺらぺらと、正論が出てくるものである。僕は素直に感心してしまった。飯山にならともかく、片柳に論破される日がくるとは、夢にも思わなかった。

「まあ、内村は違うと思うけどね。あんた、ナオのこと好きなの？」

「……好きとはちょっと違うんだ。でも、似ているかもしれない」

僕は飯山直佳のことを、とても透明に思っている。雨に似た感情を、抱いている。だから僕は彼女に関わってしまうのだ。どんなときも。どうしても。どうあがいたって。

「ありがとう、片柳さん」

今の彼女が行く場所に、僕は一つだけ心当たりがある。電話を置くと、僕は走り出した。

＊

僕の通っていた中学校は、すでに廃校になっていて立ち入り禁止だ。校舎の取り壊し工事が始まっていて、そのうち更地になりその後にはマンションが建つらしい。最後にその場所で、とある生徒の自殺未遂があったことを知るものは当時の在校生くらいだ。

中学が廃校になったのは、その生徒の身投げとは関係がない。だが、廃校になることが決まっていたその年に彼女が屋上から飛び降り、劇的な幕引きとなったことは確かだ。

飛んだ生徒の名前は、飯山直佳。

彼女は死なながった。頭と足を強く打ち、どちらにも重症を負った。記憶喪失になったという噂もある。中学は卒業したが、高校に入るのは一年遅れた。別の理由で一年間のブランクがあった僕と同じ、他に地元生のいない、しかも家からも遠い、あの高校に入ったのは偶然ではない。僕は最初から、彼女から逃れることなどできなかった。

立ち入り禁止の警告を無視して敷地《しきち》に忍び込む。取り壊しが始まった校舎はすでに端から崩され始めていて、ところどころにコンクリートと瓦礫《がれき》の山を作っている。雨の降った校庭に、僕以外の侵入者の痕跡が残っていた。少し小さな、たぶん女の子の足跡だった。

中央昇降口から入って、西階段を四階まで上る。あの日と同じように、早足に。駆け足に。階段は嫌いだ。その先に、きっと嫌なことが待っているのだと思うから。それでも今日は、絶対にそこへ行かなければならない。

＊

彼女が屋上から飛び降りた日、世界は雨に包まれていた。その雨は僕が引きこもっている間中しつこく長く降り続き、僕は窓の前に膝を抱えて座り込み、その雨を飽きもせず悶々《もんもん》と眺めて過ごした。

雨を見ていると、何も考えずに済んだ。窓硝子を伝っていく雨の川の流れを目で追うだけで、不思議と時間が過ぎた。ざあざあと降り過ぎると、もうなにがなんだかわからない。だから、小雨がちょうどいい。雨は決して押しつけがましく僕を慰めたりはしなかった。雨はただそこにいた。気を遣われたり、優しくされたりしたかったわけではない。僕はそのとき、ただ、放っておいてほしかったのだ。雨だけが、僕を放っておいてくれた。僕のことなど意にも介さずに、ただひたすらにまっすぐ降りしきっていた。

雨が止んだとき、すぅっと光が差した。僕はその光につられるようにしてベランダに出た。長いこと薄暗い空に慣れていた目に、白い光が突き刺さったかのようだった。

町が、白く光り輝いている。

それは、ほんの一瞬のことだった。けれど確かにそのとき、光の町がそこにあった。雨に濡れたコンクリートや、外壁や、電線の雫という雫が光を反射して、まるで世界中が光に包まれたみたいに、きらきらと光り輝いていた。

それから僕は、雨の日だけは家を出るようになった。学校には行かなかったが、少しずつ、部屋から出られるようになった。

雨が僕を僕の殻から連れ出してくれた。ただそばにいて、ほんの少しだけ背中を押してくれた。押しつけがましくない程度に、さりげなく。

——それはきっと、今でも。

＊

小雨が降っている。

屋上への扉は開け放たれていた。

廃校舎の冷たく荒《すさ》んだコンクリートに、しとしとと雨粒が跳ねている。フェンスはすでに取り払われて、そこは文字通り剝き出しの屋上だった。へりのところに、少女が一人立っていた。透明なビニール傘を差して、雨の雫にきらきらと光っていた。栗色の長い髪。白いカーディガン。細い背中。いつかの七月に見た、彼女の背中。

「飯山さん？」

声をかけても、少女は振り返らない。きっと、聞こえなかったわけではないのだろう。

僕は下唇を舐めて、もう一度彼女を呼んだ。

「……加恋？」

ふわっ、と髪の毛が翻った。

雨に濡れているはずなのに、まるで空気のように軽やかに。

振り向いたその顔は、紛れもなく飯山直佳だ。けれど穏やかに微笑んでいるその表情は、今までに彼女が僕に見せたどの顔とも違っていた。

「久しぶり、秀。来ると思ったよ」

それは高校のクラスメイトの少女の声であり、中学のクラスメイトだった少女の声でもあった。それは僕のことを透明だと言った声であり、青いと言った声でもあった。それは確かに飯山直佳の声であると同時に、二年前、Aの音が出ないエレクトーンを弾きながら僕のことを「秀」と呼んだ少女の声だった。

月崎加恋の、声だった。

「死に損なって以来だから、二年ぶりかな」

月崎は微笑みながら、艶っぽい仕草で下あごに指を添えた。飯山には似合わない仕草。けれど、彼女にはそれがよく似合う。

「だけどずっと会って、しゃべっていたわけだから、久しぶりって言うのも変かな？　思い出せるようになったからって、別人になるわけじゃないんだし」

僕は苦汁というボンドで接着されかけていた口をやっとのことでこじ開ける。

「それでも少し、雰囲気が違うよ」

「そう？　秀はどっちの私が好き？」

月崎はいたずらっぽく微笑んだ。自分が屋上の縁に立っていることなど、意にも介さない様子で体を左右に揺らしながら。

「どっちなんてないよ。僕にとっては飯山直佳も月崎加恋も一人の女の子だ」

「そうだね。私にとっても、そうだよ」

月崎はその場に座り込んで、僕を手招きする。僕は慎重に彼女に近づき、屋上のへりへと足をかける。下は見えなかった。真っ黒だった。街並みは雨にぼやけて、ぼんやりと光っていた。場違いに、綺麗だと思った。

「いつから思い出していたの」

僕は座らないまま、月崎に訊ねた。

「喫茶店で倒れた日に、病院で」

月崎はどこか自嘲気味な微笑みを浮かべて答える。

「全部、思い出してしまった」

今度は吐き捨てるような口調で。

「秀のことも、月崎加恋のことも、みんな思い出してしまったよ。私は、月崎加恋が大嫌いだったのに。思い出せなくてよかったのに。全部、思い出してしまった」

「……僕のせい？」

「まさか。薬と、ちょっとしたタイミングの都合。思い出せなくなっていた記憶が、副作用のショックで思い出せるようになった。そんなところ」

月崎はなんでもないように言った。彼女にとっては思い出してしまったこと自体が問題であって、その契機はなんであれ関心が薄いのだろう。割り切りは、昔からはっきりし過ぎていた。彼女はとても、切り捨てるのがうまい人間だった。

「――むしろ、謝らなきゃいけないのは私の方かな」

月崎が言って僕を見上げたので、僕も彼女を見下ろす。飯山と同じ背丈のはずなのに、不思議と飯山よりも小柄に見える。

「月崎加恋なんていうろくでなしが死に損なって、普通の飯山直佳になった。知らん顔して、君の前で生きていた。それなのに君は飯山直佳が死のうとしたとき、助けてくれた。私は内村秀のことを忘れていたあげく、またいつか思い出せなくなってしまうのに。そう遠くない未来に、またなにもかも思い出せなくなってしまうのに」

ひどいやつだね、と他人事のように笑って。

「思い出せないということは、忘れたのに等しい。これだけ自分のことを助けてくれた人のことを、私は必ず忘れてしまうんだよ」

「……そんなことはどうだっていい」

そう言った自分の声が震えているのに、僕は気がついた。この感情は、怒りだ。こんなにも強い怒りを感じるのは、いつ以来——ああ、そうか。

「僕が怒るとしたら、君がまた自殺なんてろくでもないことを、考えていることだよ」

飯山が映画の約束をしたのに、来なかった、あのとき以来の、激情だ。

「僕は飯山が自殺しようとするとき、一緒に死ぬと約束した」

彼女と関わるまいと誓っていた僕は、その禁を犯し彼女に再び関わる中で彼女の脳の障害を知った。幽霊教室で苦痛にのたうちまわる彼女を見たときが、僕は人生で一番怖かった。かつて自殺未遂の身投げを敢行した少女が、今度はその脳髄を蝕まれその苦痛ゆえに死を願っている——けれど僕にはなにもできない。どうにもできない。

それでも関わらずにいられなかった。彼女の死を黙って見過ごすことなんて、僕にはやっぱりできなかった。月崎加恋としての記憶を持たない飯山直佳は、僕にとっては別人のようで、けれどどうしようもなく月崎でもある。

彼女とともに旅した白神山地は、飯山との旅であり、月崎との旅でもあった。喜びと同じくらい、苦行だった。自らの未来に死を見据えている少女は、やはりどうしたって月崎に被る。それがかつて救い損ねた少女と同一人物となれば、どうしたって心穏やかではいられない。飯山は僕がどうしてそんな顔をするのか、わからなかっただろう。彼女の前で、彼女の話をしているのに、彼女にはそれがわからないのだから。それでも彼女は、月崎の話を聞いて私は生きると言ってくれた。僕にとってはそれが、なによりも大切な約束だったのだ。

「飯山は死なないと約束してくれた。約束したのは君のはずだ」

月崎は静かに僕を見上げていた。雨に濡れた瞳にはなんの感情も浮かんでいないように見えた。彼女は昔からそうだった。瞳に熱がなく、人を映さない目をした少女だった。

「……飯山直佳がどうして死にたかったのか、秀は訊かなかったね」

ぽつりと、そう言った。

「遺書を見た」

生きるのに疲れた。彼女はそう綴っていた。最初はその意味がわからなかった。飯山直佳は極めて順調な高校生活を送っているように見えた。それが、月崎加恋だった記憶を失ったがゆえだというのなら、僕はそれでもよかったのだ。結果的に、自分という存在が忘れ去られるのだとしても——だが彼女は僕が思っていた以上に大きな欠陥を負っていた。

この先の記憶もすべて失う確約に束縛された彼女は、閉ざされた未来に絶望し、薬に生かされる自らの記憶を疑い続ける人生に、疲れ切ってしまっている。

すべてを隠し通しながら学校生活を送る彼女の気持ちを考えたとき、死にたくなるのは仕方がないことかもしれないと思った。生きていたところで残された時間は少なく、ただただ絶望的な未来が待っているだけとなれば、誰だって生きることに絶望してしまうだろう。

「飯山直佳は苦痛からの解放を願った。完全に自分のためだけの自殺だ。だから、他の人を巻き込むことができなかった」

彼女は僕が一緒に死ぬことを望まなかった。自分だけが苦痛から解放されるために、他人の命を巻き込めなかった。僕が僕の命を人質に取ったから、彼女はやむを得ず生きることを選んだ。

「それが、飯山直佳の選択」

月崎はうなずきはしなかったが、否定もしなかった。「うん。まあ、そんな感じ」と、微妙な肯定の仕方をした。彼女は紛れもなく飯山直佳だが、やはり飯山直佳ではないのかもしれない。だからそんなことを訊くのかもしれない。

「じゃあ、月崎加恋がどうして死にたかったのかは知っている？」

月崎が僕から目を逸らした。

彼女の目は眼下の暗闇を見つめている。さっき見たが、下には鉄骨が積み上げてあった。あの上にこの高さから落ちれば、かつて死に損ねた彼女でも、確実に死ねるだろう。一緒に飛ぶ僕も、確実に死ぬだろう。あっという間に死ぬとしても、鉄骨に激突するその瞬間は、きっと言葉にできないほどに痛いのだろうと思う。二年前、彼女は死に損ねたせいで、一瞬で済むはずだったその痛みを長時間味わったはずだ。

月崎加恋が、それほど痛い思いをしてでも死にたかった理由。

二年前、それはおぼろげに見えていたと思う。音がしないエレクトーンのAの鍵盤の上に。

彼女は自身を、そのキーに喩えていた。

「……君は、自分が周囲を不幸にしていると思っていた」

「過去系じゃない。今も思っているよ」

月崎ははっきりと言った。先生が、出席を取るとき生徒の名前を呼ぶみたいに、一言一言はっきりと。

「さっきも言ったでしょ。私は、月崎加恋が大嫌いなの。だから、月崎加恋を消し去ってしまいたい。そのために、死のうと思ったの。あの頃、私が両親を殺したんじゃないかって噂があった。直接手は下していないけれど、きっと間違っていない。私のせいで死んだようなものだもの。私が二人を不幸にした。私があの二人を殺したの」

私、きっと呪われているの、と月崎はとても——とても疲れた顔で笑った。

二年前、月崎はなぜ死にたかったのか。

自分という存在を許せなかったのだと彼女は言った。

私がいると、周囲の人間が不幸になるの。お父さんも、お母さんも、それで死んだ。私のせいで、仕事を奪われたピアニストを何人も知ってる。私の演奏を聴いた人は、幸せな気持ちになんかならなかった。私の演奏にはいつだって悲壮感が漂っていた。私のせいで、君も苦しんだ。秀のことも、たくさん苦しめてしまった。

きっと私は生まれてはいけなかったの。月崎加恋は生まれてはいけなかった。最初から、存在すべきではない人間だった。

「だから私は、私を消し去るの」

あのエレクトーンの、Aのキーが、それを望んだように。

「自分という存在を、ないことにするの」

そうしたらもう、誰も不幸にならないでしょ、と月崎は言った。

僕は苦々しい声を出した。

「そんなのは、人の考えることじゃない。狂っているよ」

「そうだよ。私は狂ってる。この先、さらに狂って、たくさんの人に迷惑をかけて、不幸にしてしまう。だったらもう、ここらで消えてしまった方がいい。そうでしょう？　違う？」

「君が死ぬと、僕は不幸になるよ」

初めて、月崎が表情を歪めた。

「……これが最後だから。許してほしい」

眉尻を下げて、ふにゃりと笑った。二年前に屋上から落ちたとき、最後に見せたのも、そんな顔だった。

いつだって月崎は、そうだった。彼女の曲と同じだ。彼女には悲壮感が付きまとう。彼女は主張しない。すべてを受容する。自らの不具合や境遇を、全部受け入れてしまう。そして抗うことをしない。こんなにも不幸な結末さえ、受け入れてしまえる欠陥を抱えている。

脳とは関係なく、月崎は壊れている。壊れているからこそ、彼女は他人と違うことができる。あの頃、僕はたぶん彼女のそこに惹かれていた。

でも、今は違う。

「ダメだ。許さない」

今度は僕がはっきりと言った。優等生が、先生の呼びかけに「はい」と返事するみたいに、一言一言はっきりと。

「僕は君が一度死んだとき、自分の無力さを思い知った。だから飯山直佳にはもう関わらないと決めた。君が月崎加恋だったことを思い出せずに平穏に生きていけるのなら、僕のことを思い出せなくたっていいと思った。何があっても、飯山直佳には関わらない。たとえ君がもう一度自殺しようとしたって、なにもしないつもりだった」

関わったところで、なにも変えられないのなら、最初から関わらない方がいい。その方が、自分が傷つかずに済むから。そう思って、距離を置こうとしていた。冷徹で、自分勝手。なにもできない自分を、変えようとすら思わなかった。

「だけど僕はやっぱり、どうしようもなく君に関わってしまう」

僕はとても矛盾していた。関わりたくないと言いながら、話しかけられると会話を止められない。誘われると応じてしまう。それは僕自身が、口で言うのとは裏腹に、彼女自身と関わりたいと、心のどこかで思っているからだ――それは今でも。

――なにもできないなら、関わらない方がいい。

結局僕は、自分に言い訳をしているに過ぎないのだ。無力な自分を、直視できなかった。なにもできないことを知っているなどと言って、本当は知らなかったのだ。己の無力を知るのが怖くて、なにもできないことにしたのだ。

　助けにならないのなら、意味がない。

　そんな傲慢なことを考えて、勝手に自分自身に失望していた。まるで、力があれば助けられたのに、とでも言いたげに。

——私たち、まだ十六歳の子供なんだよ。無力で愚かに決まってんじゃん。

片柳は彼女の脳のことを知らない。だが、たぶん片柳なら、たとえ何の救いにもならないことがわかっていても、最期の時までそばに居続けるのだろう。その些細な、とても無力で愚かな行いを、彼女は否定しない。

僕も、否定しないことにしようと思う。

「だから僕は、これからも君に関わり続ける。僕のことを、この先どれだけ不幸にしてもかまわない。そもそも僕は、君に不幸にされてやるつもりだって毛頭もないけれどね」

月崎は僕をじっと見ていた。彼女の目に細い月が映り込んでいるのに僕は気づいた。雨が降っているのに、夜空は少し晴れているのだ。

「そんなのだめだよ。私は、」

月崎が目を逸らす。彼女の瞳が翳《かげ》って、映っていた月が消える。

「……どうせ私は、そう言ってくれたこともいつか思い出せなくなってしまうよ」

「そうしたら何度でも、僕が思い出させる」

僕は言う。

「月崎加恋、君は生きる。この先、痛くて苦しくて、生きている意味もわからない人生を生き続ける。僕は君に不幸にされることがあっても構わないけれど、君の痛みを背負ってはやれない。君の代わりに脳を壊されてやることも、薬を飲んで吐いてやることもできない。なにもできない。だから僕は、君の横でただ〝生きろ〟と言うよ。そう言い続けるよ。君が死にたくなるたびにそう言うよ。君が思い出せなくなるたびにそう言うよ。そうして、君がいつか本当に死んでしまったときは、よく頑張ったねと言って生きろと言うのをやめる。でもそのときまでは、君は生き続けるんだ。生きて、君のテロメアが尽きてなくなるその日まで僕の声を聴き続けろ」

月崎は顔を上げなかった。ただ首を横に振った。

雨が少し弱くなる。このまま上がってしまうのかもしれない。なんとなく、今は降り続いてほしいと思う。夏の夜に降る生温かい雨粒に、もう少しだけ身を打たれていたいと思う。

「そういえば、あの曲を聴いたよ」

僕がそう言うと、月崎がびくっと身じろぎした。

七月のテロメア。USBの中に眠っていたそれは、確かに中学三年の夏、月崎が作っていた楽曲だった。音声ファイルにはそのピアノ演奏版が収録されていて、それは確かに月崎が弾いたのだと僕にはわかった。

「君はあの曲を、Aのキーの音が出ないエレクトーンで作曲した。だけど実際にはAの音が出るピアノで弾いていたね」

「当然でしょ。楽譜に、そういうふうに書いたんだから」

「確かに、必要のない音なら譜面に書き込む必要はない。でも僕は、あのAの音は譜面にあって、それでいてAの音のしないエレクトーンで弾くべき曲なんだと思ったよ」

月崎が、何を言っているんだという顔で僕を見上げた。

彼女にはわからないのだろうか。

それとも、わかっていて気づかないふりをしているのだろうか。

どっちだっていい。

僕はポケットに手を入れて、古いハーモニカを取り出した。あのエレクトーンと同じ、Aの音が出ない、欠陥品のハーモニカ。驚いた顔でハーモニカを見つめる月崎に、僕は苦笑いしてみせる。

「加恋にも、飯山さんにも聴きたいと言われたからね」

彼女の楽譜には、透明な音がある。たぶん彼女には、それを聴く必要があるのだと思う。


『七月のテロメア』は楽譜上は二十小節しかない曲だ。

最初の二回は、クレッシェンドをつけながらまったく同じ二十小節を繰り返す。三回目は、最初と最後の一小節ずつを省いて繰り返す。四回目は最初と最後の二小節ずつを省いて演奏する。これと同じことをあと六回繰り返すだけの曲だ。最後に残るのはたった四小節。

基本旋律はとてもシンプルで、ハーモニカでも十分に吹けるものだ。少し物悲しい旋律は、七月の夕暮れ時を思わせる。今年の、そして二年前の七月のことを思い起こさせる。それはたぶん、月崎にとっても。

学生にとって、七月は忙《せわ》しない季節だ。梅雨のさなかに迎え、雨季から盛夏へと目まぐるしく移り変わる中、試験や、夏休み、ばたばたとしているうちに八月になり、そこからの三十一日間の濃い記憶に上書きされ、あっという間に忘れ去られる季節。

大概の学生は、七月より八月が好きなのだと思う。夏休みがあるから。テストがないから。大会があるから。雨が降らないから。だけど月崎は、七月を愛した。雨が降り、夏の気配を感じ、あっという間に時間をすり減らして消えていく、目まぐるしいその季節を、七月のテロメアが尽きるまでの短い時間を愛した。

彼女の曲にはいつも悲壮感が漂う。だが、『七月のテロメア』はAのキーを除くと不思議とちょっと愉快な曲にも聞こえる。降りしきる雨を表すかのように、たまにぽっ、ぽっと不自然に音が抜ける。だけどそれはたぶん、音がしないわけじゃない。

そこには確かに、音がある。

音のしない音がある。

ただ弾かないだけではだめなのだと思う。

音の出ないAのキーは、必要なのだ。

その音は、本当に出ていないわけじゃない。

それは、透明な音だ。

聞こえないけれど、確かにある。

あまりに透明に澄んでしまったがゆえに、聴くことができないAの音。聴こえないはずなのに、それが夏の日の小雨に似ているのだと僕たちは知っている。透明で、糸のように細い、僕たちの好きなあの雨のような、とても綺麗な音がするのを知っている。

なぜなら、僕たちは、その音を聴くことができる。

僕と月崎には、その音が聴こえる。

その音は、時間を運んでくる。

幽霊教室で出会ったこと。

二人で映画を観にいったこと。

窓ガラスを伝う雨を眺めて珈琲を飲んだこと。

白神山地や、青池のこと。秋田を旅した七月のこと。

それから、壊れかけのエレクトーン。透明な音がするAのキー。夕暮れ時の屋上。

七月の青い晴れ空も、梅雨の忘れ形見のような冷たい雨も。

僕たちは七月に、たくさんの思い出を残している。鮮烈な記憶を刻んでいる。終わっていく七月の残りを数えるように、毎日毎日を名残惜しく生きた、そのすべてを僕は覚えている。思い出せなくても、君も覚えている。

透明な音を出すAのキーは、周囲を不幸になんかしない。

絶対に、不幸になんかしていない。

片柳や、僕がこうして君を心配することが、不幸なはずがない。

だってこんなにも、音が幸せに、透明に色づいている。

ゆっくりとハーモニカを下ろして、僕は言った。

「君もこのAの音と同じだというのなら、君には生きる意味があるよ、加恋」

僕は手を伸ばして、月崎を抱きしめた。彼女は逃げなかった。僕たちは屋上の端っこで、静かに抱き合った。

月崎はしばらく、身じろぎもしなかった。眠ってしまったんじゃないかというくらい長いこと、じっとしていた。

「……言って」

掠れた声が何かを言った。

「……生きろって、言って」

僕は腕の中の月崎を見下ろした。彼女は顔を上げなかった。

「生きろ」

と僕は言う。腕の中で、また少しだけ頭が動いた。

「……もう一回」

「生きろ」

「……もっと」

「生きろ。生きろ、生きろ、生きろ、生きろ、生きろ、生きろ、生きろ、生きろ」

　――私と心中しない？

　あのとき彼女に言うべき言葉も、きっとこれだけでよかった。

　――生きろ、月崎加恋。

　なんどでも言うさ。

　なんどだって言うさ。

　僕はとても我儘で、自分勝手な人間だから。

「生きろ。飯山直佳」

　幸せになんかなれない。楽にもなれない。それでも、ただ生きてほしい。

　それだけのことを、僕は月崎加恋に強いるのだ。ただ僕が、それを望んでいる。一人の少女が生きることを、望んでいる。

　僕は飯山が死ぬのが嫌だった。だから彼女に、死ぬことを禁じた。でも、月崎には生きてほしいのだ。それは似ているようで非なるものだ。僕は月崎に、生きてほしい。

　飯山直佳として、生きてほしい。

七月のテロメアのように、強く強く、ただそれだけを願っている。

終章

月崎加恋というのは飯山直佳のピアニストとしての名前だ。二十五の春に亡くなった彼女は最後まで、それを自分の名前として認めなかった。僕だけが、最後まで彼女のことを加恋と呼んだ。彼女は僕が加恋と呼ぶときだけ、何かを思い出すような表情になって淡く微笑んだ。

十八のときに、脳の状態が悪化して彼女はほとんど寝たきりになった。海馬や大脳皮質以外にも、悪影響が出始めたのだ。けれど、彼女は二十歳を超えても常時発作状態にはならなかった。生きることを選んだ彼女の抵抗だったのか、それとも死神の気まぐれだったのか、いずれにせよ――思い出せない時間がどんどん長くなり、思い出せない日がほとんどだったが、思い出せる日は確かにあり、そのときは普通に会話ができた。

大学へ行けなかった彼女は、冗談めかして自分の入院病棟のことを〝病院キャンパス〟などと呼んでいた。思い出せる日は、僕が大学で受けている講義の内容を知りたがった。僕は彼女に事細かに説明するため、必死にノートを取っていたので、それで成績も地味によかった。彼女はひょっとして、僕のために興味もない大学の講義を聞きたがっていたのかもしれない。

成人式には車椅子で出席した。中学の頃の友人たちは、彼女のことも、僕のことも、意外と覚えていてくれた。詳しいことは話さなかったが、みんな飯山のことを心配してくれた。飯山はほとんど、しゃべらなかった。たぶん、しゃべれなかった。

僕が社会人になる頃には、彼女が思い出せる時間はひと月にせいぜい一日くらいになった。発作を抑える薬は副作用と服用量の関係でもう飲めなくなっていた。というよりは、もはや焼け石に水だったのだと思う。吐き気を止める薬は点滴で投与されていたらしいが、彼女はしょっちゅう吐いていた。なにも食べられなくなった彼女は、よく珈琲やらハンバーガーやら、彼女の身体にとっては悪そうなものばかり食べたいと言って周囲を困らせては笑っていた。そういうときの彼女は元気そうで、何歳までも生きそうに見えたが、実際はかなり無理をして強がっていたのだろうとは思う。

春。桜の咲く頃、彼女は二十六歳になる前に亡くなった。その日は思い出せる日で、彼女は僕と話をした直後、眠るように息を引き取った。

「ありがとう。生きててよかった」

　その頃の彼女は会うたびにそんなことを言っていたが、その日はとうとう、それが最後の言葉になってしまった。彼女はたぶん、本当にそう思っていて言ったわけではないのだと思う。彼女は苦しんだ。苦しんで、苦しんで、死にたくて仕方がない命を、それでも僕のために生きてくれた。だから最後も、僕のためにそう言ってくれたのだと思う。僕が彼女を無理矢理生かしたことを、後悔しないように。

　本当に眠るような最期だった。呼びかけても返事がなくなって、僕は何度も「加恋」「加恋」と彼女の名を呼んだ。最後は叫び声になって、それで看護婦さんがきた。医師に臨終を告げられた彼女の顔は笑っているように見えた。

　だから、僕は泣かなかった。僕がこう思わなければ、最後まで笑って亡くなった彼女の命そのものを否定することになる。

　――僕も、君が生きてくれてよかった。

　本当に良かったと、そう思っている。

　葬儀はこぢんまりと行われた。参列したのはほぼ彼女の親族で、それ以外では僕と、僕の母と、片柳や横田たち高校時代のカーディガン組、恩師の永井など、ほぼ彼女の事情を知っていた人間に限られた。僕はずっと後ろの方に座っていた。片柳や永井とは、少しだけ話をした。

＊

彼女の遺言で、遺品の一つを僕が譲り受けた。小さなUSBメモリ。高校時代、僕と僕のことを思い出せない彼女が再び会話をするきっかけとなった、あのメモリの内の一つ――〝内村秀〟のメモリだった。

彼女は高校以降、学校へ行っていない。だからほとんどのメモリは更新されなかった。例外は片柳や僕など、交流が続いた一握りの人間たちだけだ。彼女は、僕にそれを見せてくれたことはなかった。「プライバシーの侵害だよ、君は前科もあるんだからね」などと言って、頑《かたく》なに見せてくれなかったのだ。実際前科持ちの僕は、そう言われては引き下がるしかなく、無理矢理見ようとはしなかった。彼女にとってはそのメモリが実際の記憶のようなもので、思い出せない日でもそれを見て、僕となんとか話をしてくれようとしたこともあった。

彼女が亡くなった年、僕はそのメモリを、飛行機の中で見た。

内村秀。うちむらしゅう。
（追記：うっちーと呼ぶと嫌がる（たまに呼んであげよう））。
◆基礎データ（20××年3月更新）
1 9××年、10月2日生まれ（同い年）。
天秤座。
AB型（っぽい）↓確定。
身長170センチ、体重52キロ（20××年現在）
色白。というか青白い。細い（痩せすぎ）。髪の毛は黒い（いつ見てももさもさでぼさぼさ）。たまに眼鏡《めがね》をする（若干のギャップ萌《も》え）。私服はいつ見てもジーンズとシャツばかり着ている。シンプルな服装が似合う。目印は、眠そうな目。髪の毛がぼさぼさで顔が青白くて目が死んでいる人は、高確率でうっちー。

他にもずらずらと、僕ですら忘れているような個人情報とメモ書きが並んでいる。調べ上げて、余さず書き込んでいたのだろう。おそらく、一度書いたものは消していないのだ。人間の記憶が自由に消せないのと同じように、一度メモしたら消さずに、新しい情報だけをどんどんと書き込んでいって、これが出来上がった。内村秀という人間の、膨大な情報の塊。

◆中学時代

中3の4月。初めて知り合った。物置みたいな教室で、Aの音が出ないエレクトーンを弾いていた。あまり上手くない。でも曲が「透明」だったので気になってしまった。席が前後になっていたから、名前を覚えていた。なぜか性格の悪さを一瞬で見抜かれた覚えがある。油断ならないやつ・・・。

エレクトーンを一緒に弾いた。どうやら似た者同士らしいと思った。ちょっとおもしろい。ハーモニカを吹くらしい。聴きたいと言ったらいつかね、と言われた。絶対社交辞令。秀と呼ぶことにした。向こうは私のことをカレンと呼ぶ。恥ずかしかったけど、嫌ではなかった。

5月。向こうも性格が悪いとだんだんわかってきた頃。というか、かなり悪い。あの頃気づいていれば・・・（笑）「透明」が好きらしいのでよく弾いてあげた記憶がある。Aだけ音が出ないと、違う曲みたいに聞こえる。私がピアノを弾いていると、秀はなんだか眠たそうにしていた。でもいつも眠そうな顔なので、実際に眠いのかは今でもよくわからない、正直。この頃、秀のイメージカラーは「青」だと思っていたらしい。

6月。気分が乗ったので引き受けたコンサートに呼んであげた。来てくれた。素を知っている人に褒められたのは初めてだったかもしれない。嬉しかったのをよく覚えている。でも、この頃の私は、すでに死ぬことを決めていた。一度目の自殺。

この頃、曲を作っていた。完成したら秀にあげるつもりだったのは覚えている。

7月。

新曲に七月のテロメアと名づける。秀には渡せなかった。その後自殺（未遂！）。

彼女がメモリを使ってクラスメイトの情報を管理していたのは高校時代だけのはずなので、中学時代の情報は後から書き込んだのだろう。回想になっている。あっさり自殺（未遂！）で終わっているあたりが、彼女らしいといえば彼女らしい。

◆高校時代
（2年）
4月。席が前後になった。私の真後ろ。1年のときから同じクラス。でも、どういう人なのかはよく知らない。とりあえず友だちはいなさそう。いつも一人でいる。昼休みには消える。笑った顔を見たことがない。勉強はできるようだ。電車通学している。部活はおそらく帰宅部。音楽が好きっぽい。私のことは、なぜか嫌いっぽい。絶対に目を合わせてくれない。なにかしたのかな。わからない。ちょっと怖い。

7月1日。初めて話す。とりあえずプチトマトが嫌いっぽい。思ったより嫌われてるかも？ 避けられた感。でも落としたメモリを拾ってくれた。なにも訊かないでくれた。優しい？ 興味ないだけ？ 後者っぽい。何を考えているのかわからない。

7月2日。同じオープンスクール係になった。実は前に1度話したことがあるらしい。遺書の入ったメモリを失くしてしまったのだが、彼が持っている気がする。1日経っても返してこないから、見られた可能性高い。でも普通に話してくる。いったいなにを考えている。思ったより話しやすいし、変わっているけど悪い人じゃなさそう。

とりあえず、嫌われてはいない？　とにかくメモリをどうにかする。絶対彼が持っている。

（追記：前に話したの、思い出した。発作で忘れていた。女子高生のカーディガンについて話している。メモに追加しておく）

7月4日。一緒にお昼を食べた。プチトマトは嫌い（決定）。乙一好きと聞いて、確かに透明な感じがすると思った。私もそう見えるらしい。どういうこと？　よくわからない。話せば話してくれることがわかった。相変わらずメモリのことについては尻尾を出さない。もう少し話す時間を増やせばボロを出すかも。ちょうど観たいと思っていた映画に行くらしいので、一緒に行きたいと駄々をこねて無理矢理ついていくことにした。嫌な顔をされたけど、最終的には承諾もらった。やっぱり案外優しいのかも。

7月7日。映画をすっぽかす。最低。死にたい。

7月9日。めちゃくちゃ怒っていた。どうしよう。週末もう一度付き合えと言われた。今度は絶対行かなきゃ。見張るためなんだか、嫌われたくないためなんだか、もうよくわからないけどとりあえず怒らせてメモリを告発されたりしても困る。

7月13日。謝った。お互いに。こっちが謝られる筋合いはなかったけど。やっぱりいい人だ。メモリのことを言わないでくれる理由はよくわからないけど、彼がメモリを持っているとちょっと死にたい気持ちが薄らぐ。好き？　よくわからない。頼もしさとはちょっと違う。素の私を知っていてなお普通に接してくれるのはとても気楽。

7月14日。映画を観た。おもしろかった。少し調子に乗ってしまった。なんだか昔にとても嫌なことがあったらしい。プチトマト1000個分と言うからよっぽどだ。たまになんだか困った顔で私の方を見ている。いい人なのも、おもしろい人なのもわかって、さらにひねくれもので皮肉屋だということがわかってきた。どうしよう。私、どうしたいんだろう。記憶のことで、ちょっと怪しまれているっぽい。鋭い人だ。

7月16日。発作を見られた。すべてを話す。メモリはやっぱり彼が持っていた。彼には彼なりの理由があったようだけど、詳しくは訊かなかった。取り返したしもうどうでもいい。脳のことを話したときは驚いた顔をしていた（予想と違った、みたいな？）。私が昔自殺したっぽいときの話をしたときはすごく悲痛な顔をしていた。ゲロの後始末を一緒にしてくれた。優しい。でも、私はもう彼に関わるのをやめる。

重要：内村秀にちょっかいを出さないこと。

７月20日。彼から声をかけてくる。なにかと思ったら、メモリを取り返される。持っていてくれるという。私が持っていてくれると楽、と言ったからそうしてくれるらしい。死ぬのが嫌だと言われた。好きと言われたみたいに、嬉しかった。死ぬのはやめよう。

あの頃、こんなことを思っていたのか。ずっと自分のことばかりが書かれているので気恥ずかしい。その後には秋田への旅行のことや、夏休みのことが色々書かれていた。昔のことを思い出せるようになったあたりのことは、彼女自身から聞いたのと同じ内容だ。卒業までに僕が片柳たちとも絡むようになったことや、苦しみながらも満喫した高校時代の僕との生活が事細かに綴られていた。本当に彼女は苦しかったのがよく伝わってきて、でもそれ以上に楽しんでくれていた——と、思わせるように書いたのかもしれないが、それでも僕の心はだいぶ救われる。

◆大学時代

◆そして、社会人へ・・・(某RPG風)

と続き、あとは更新頻度は落ちていた。僕のことはもう知りつくし、特に書くこともなかったのだろう。最後の方に少しだけ、近況と僕への謝罪の言葉があった。

最近よく来てくれる。私が長くないとわかってるのかな。ありがとね。思い出せないときばっかりで、ごめんね。

謝る必要はないと言ったし、彼女も実際僕の前では謝ることはしなかった。でも、それでもずっと引け目があったのかもしれない。僕自身が、彼女に対して引け目を抱えていたように。飯山が生きたことで、彼女は周囲に、僕は彼女に対してずっと罪悪感を抱え続けてきた。誰も幸せにならない構図だ。だけど、僕たちはそれでよかった。だって、僕たちは。お互いがいることだけを望んだのだから。楽になることも、幸せになることも望まなかった。ただ、お互いにそこに相手がいることだけを望んだ。

透明な僕たちが、互いに互いの存在を認め、証明し合うためだけに。だから彼女がそこにいることが、僕の望みだった。望みがかなっていたのだから、それでよかった。僕の何倍、何十倍、何百倍も苦しんだ彼女にとってはそんなふうに簡単に言える言葉ではないかもしれないが、それでも僕は彼女の最後の言葉を信じている。

——ありがとう。生きててよかった。

◆総括

ひねくれもので、皮肉屋さんで、無愛想！　笑うときはいつも口の端を歪めて「へっ」みたいな笑い方をする（はらたつ～）。頭はいい。キレ者軍師タイプ。肉体労働は全然ダメ。体力もない。足も私の方が速い。

何かと理屈っぽくて、たまに変人で、結構大雑把。でも変なところはすごい細かかったりして、そういうところがＡＢ型っぽいと思ったり。好きな食べ物はハンバーガー（意外とジャンキー）。嫌いな食べ物はプチトマト（でも実はプチトマトは今はそんなに嫌いじゃないんじゃないかと私は睨んでいる・・・）。雨の日が好きで、雨が降り出すと若干テンションが上がる。そういうときは、ほんのちょっとだけど目が輝いている。

たまにかわいいところもある。キスするのが苦手で、すぐ顔が赤くなる。自分からはなかなか手を繋がない。キスよりもハグが苦手。見つめ合うのも苦手。変なとこ意地っ張りなので、そういうところはなかなか認めない。そういうところはかわいくない。というか、かわいくないところの方が断然多い！　なにより我儘で自分勝手だし！　でも——

ほとんど愚痴みたいになった悪口の一番最後に、こう書かれていた。

——でも、この世界で、一番透明な人だと私は思う。

「……光栄だね」

僕は独りごちて、ふっと微笑んだ。ノートPCから顔を上げると、飛行機が間もなく秋田空港へ着陸するアナウンスが入った。

七月が終わる日だった。僕は再び白神山地へ向かっていた。どうしても今年、ブナの樹をもう一度見たかった。彼女と旅をした唯一の場所を、もう一度巡りたかった。

空港をゆっくり眺め、空気を肺一杯に吸い込んだ。駅弁に悩み、リゾートしらかみに乗った。青池と、ブナ林を見た。ブナの森を、ゆっくりと歩いた。

——雨の音、するかな。

——音する？

——待って。静かに……。

十年前、ここでそんな会話を交わした少年少女を思い出す。

——聞こえる。

——本当に？

——水の音がする。

彼女が耳をつけたブナの樹を、僕はきちんと覚えている。

ブナの樹に耳をつける。

幹をやさしく抱くように手を伸ばす。

目を閉じて、耳を澄ませる。

静かに森を鳴らす風の音にまぎれて、確かに雨の音がしたように思った。それはきっと、生命力の強いブナの、命の叫びだ。

僕はポケットに手を入れる。

「よく頑張ったね」とつぶやく。

"suicaide memory"

あの年の七月、飯山直佳の魂は確かにそこにあり、僕はそれを預かった。今もそこで、彼女は眠っている。確かにそこに、彼女が居る。

メモリの中の少女が、気取った仕草で指揮棒を振る真似をした。頭の中で、静かに曲が流れ始める。いつのまにか彼女はピアノの前に座っていて、その細い指で白と黒の鍵盤を撫でるように叩いていく。

彼女が最後に遺《のこ》した曲。

〝七月のテロメア〟

どうしてそんな曲名にしたのか、と訊いたことがある。やはり自らの死を重ねていたのかと訊ねたら、彼女は笑ってこう答えた。

——七月が終わるときって、いつも騒がしくて、唐突だから。あれはそういう曲。ずっと七月みたいな人になりたいと思っていたんだよ。

その答えはとても、彼女らしい。

とても彼女らしい、遠まわしだけれど、それゆえに透明な答えだ。

繰り返すメロディー。

奏でられるたびに両端から消えていく小節。テロメアのように。

その曲は、Ｍ・ラヴェルのボレロと同じく、たった一つのクレッシェンドしかない。消え入りそうな音色から始まり、長かった旋律はどんどん消えていくのに、音はどんどん大きくなっていくのだ。

ラスト、たった四小節の中に配置された、七つの音符。

彼女の死の証明ではなく、命の叫びが、そこにある。

あとがき

なんとなく続いている「タイトルに月が入ってるシリーズ」第三弾です。

個人的に、昔から六月＝梅雨、七月＝夏というイメージがあります（※関東在住）。しかし実際の関東の気候は、六月に梅雨入りして、それが明けるのはほぼほぼ七月中旬～下旬ということが多い。七月というのは一般にも夏のイメージが強いと思うのですが、その実半分以上は梅雨なので、降水量も多い月です。晴れやかな夏の始まりの陰に隠れて、なにげに雨と縁のある月でもあるのです。

梅雨なので、やっぱりじめじめとした、嫌な雨であることが多いのですが、それでも七月の雨には不思議と清らかさを感じます。これからやってくる盛夏が歩く道の、露払いをしているみたいだなと思うのです。埃っぽい春の空を、綺麗に洗い流して、夏がやってこれるようにする……うまく言葉に落とし込むのは難しいのですが、梅雨の雨上がりの水たまりに映る夏空に、一番〝七月〟を感じます。

閑話休題。染色体の末端にあるキャップのような構造体を〝テロメア〟というそうです。細胞が分裂を繰り返すほどにこのテロメアは短くなっていき、やがてテロメアがこれ以上短くなれないというところまでくると、もう細胞は分裂しなくなる。それゆえにテロメアは細胞の寿命を表しているとされています。〝命の回数券〟なんていうふうにも呼ばれているそうです。

本作において〝七月のテロメア〟と呼ばれているものにはまた別の意味があるのですが、個人的にもし七月にテロメアがあるとしたら、それは梅雨前線のことなのかもしれないなと思います。雨が繰り返すほどに世界は八月へ近づいていき、やがて梅雨前線の消失とともに七月もまた終わりへ向かっていく――ちょっと切ないですが、その後に八月が待っているだけ希望的なのかもしれません。

希望的なお話かどうか自分ではわかりませんが、本作はそんな七月と雨にまつわる青春小説です。

二〇一八年　三月　天沢《あまさわ》　夏月《なつき》

天沢夏月　著作リスト

サマー・ランサー（メディアワークス文庫）
吹き溜まりのノイジーボーイズ（同）
なぎなた男子!!（同）
思春期テレパス（同）
そして、君のいない九月がくる（同）
拝啓、十年後の君へ。（同）
八月の終わりは、きっと世界の終わりに似ている。（同）
時をめぐる少女（同）
DOUBLES!! ―ダブルス―（同）
DOUBLES!! ―ダブルス― 2nd Set（同）
DOUBLES!! ―ダブルス― 3rd Set（同）
DOUBLES!! ―ダブルス― 4th Set（同）
DOUBLES!! ―ダブルス― Final Set（同）
七月のテロメアが尽きるまで（同）

本書は書き下ろしです。

メディアワークス文庫

七月《しちがつ》のテロメアが尽《つ》きるまで

天沢夏月《あまさわなつき》

2018年4月24日　初版発行

発行者　郡司 聡
発行　株式会社KADOKAWA
〒102-8177　東京都千代田区富士見2-13-3
0570-06-4008（ナビダイヤル）
装丁者　渡辺宏一（有限会社ニイナナニイゴオ）
印刷　旭印刷株式会社
製本　旭印刷株式会社

カスタマーサポート（アスキー・メディアワークス ブランド）
［電話］0570-06-4008（土日祝日を除く11時～13時、14時～17時）
［WEB］https://www.kadokawa.co.jp/（「お問い合わせ」へお進みください）
※製造不良品につきましては上記窓口にて承ります。
※記述・収録内容を超えるご質問にはお答えできない場合があります。
※サポートは日本国内に限らせていただきます。
※定価はカバーに表示してあります。

Printed in Japan
ISBN978-4-04-893853-2 C0193

メディアワークス文庫　http://mwbunko.com/

本書に対するご意見、ご感想をお寄せください。

あて先
〒102-8584　東京都千代田区富士見1-8-19
メディアワークス文庫編集部
「天沢夏月先生」係

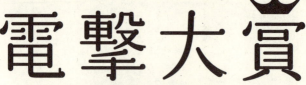